AF453269

ELOMIRE HYPOCONDRE.

OV

LES MEDECINS VENGEZ.

COMEDIE.

Par Monsieur le BOVLANGER de CHALVSSAY.

A PARIS,

Chez CHARLES DE SERCY au Palais,
au sixiéme pillier de la Grand' Salle,
à la bonne Foy Couronnée.

M. DC. LXX.

Auec Priuilege du Roy.

PREFACE

Ous les curieux sçauent qu'Elomire voulant exceller dans le Comique, & surpasser tous les plus habiles en ce genre d'escrire, a eu dessein d'imiter cet Amour de la Fable, qui ayant inutilement décoché toutes ses fléches, & lancé tous ses traits dans le cœur d'vne Belle difficile à vaincre, s'y lança enfin luy-mesme pour n'y plus trouuer de resistance. Car il est constant que tous ces Portraits qu'il a exposés en veuë à toute la France, n'ayant pas eu vne approbation generale comme il pensoit, & au contraire, ceux qu'il estimoit le plus ayant esté frondez en bien des choses par la plus-part des plus habiles, dont il a rejetté la cause sur les Originaux qu'il auoit copiez, il s'est enfin resolu de faire le sien, & de l'exposer en public, ne doutant point qu'vn tel chefd'œuure ne deust charmer toute la terre. Il a donc fait son portrait, cét illustre Peintre, & il a mesme promis plus d'vne fois de l'exposer en veuë, & sur le mesme Teatre où il auoit exposé les autres ; car il y

a long-temps qu'il a dit en particulier & en
public, qu'il s'alloit ioüer luy-mesme, &
que ce seroit là que l'on verroit vn coup
de maistre de sa façon. I'attendois auec in-
patience & comme les autres curieux vn
spectacle si extraordinaire & si souhaité,
lors que i'ay appris que pour des raisons
qui ne me sont pas connuës, mais que ie
pourrois deuiner, ce fameux Peintre a pas-
sé l'éponge sur ce tableau; qu'il en a effacé tous les admirables traits; & qu'on n'at-
tend plus la veuë de ce portrait qu'inutilement: i'aduoüe que cette nouuelle m'a sur-
pris & qu'elle m'a esté sensible; car ie m'e-
stois formé vne si agreable idée de ce portrait fait d'apres nature, & par vn si grand
ouurier, que i'en esperois beaucoup de
plaisir: mais enfin i'ay fait comme les autres, ie me suis consolé d'vne si grande
perte, & afin de le faire plus aisément,
i'ay ramassé toutes ces idées, dont i'auois
formé ce portrait dans mon imagination,
& i'en ay fait celuy que ie donne au public. Si Elomire le trouue trop au dessous
de celuy qu'il auoit fait, & qu'vne telle copie deffigure par trop vn si grand original,
il luy sera facile de tirer raison de ma teme-
rité, puis qu'il n'aura qu'à refaire ce portrait effacé, & à le mettre au iour. S'il le

PREFACE.

fait ainſi, le public m'aura beaucoup d'o-
bligation par le plaiſir que ie luy auray
procuré : & s'il ne le fait pas, il ne laiſſera
pas de m'en auoir vn peu , puis que la
copie d'vn merueilleux original perdu ,
n'eſt pas vne choſe peu ·curieuſe. Au re-
ſte , qu'on ne croye pas que le grand
nombre d'Acteurs puiſſe empeſcher la re-
preſentation de cette Comedie ; car outre
que la pluſpart de ceux qui paroiſſent au
commencement, ne paroiſſent point dans
la ſuitte, & par conſequent, qu'ils puiſ-
ſent faire plus d'vn perſonnage chacun ,
il eſt encore à obſeruer que les deux tiers
ne parlent point ou fort peu ; que ce ſont
des perſonnages muets qui ne ſeruent qu'à
l'embelliſſement de la Scene , & à l'expli-
cation du ſujet : & qu'on a de ces ſortes
d'Acteurs tant qu'on veut & par tout.

ã iij

LES PERSONNAGES
DE LA COMEDIE.

ELOMIRE.
ISABELLE, femme d'Elomire.
LAZARILE, valet d'Elomire.
CASCARET, laquais d'Isabelle.

BARY.
L'ORVIETAN. } Operateurs.

ALCANDRE.
GERASTE.
EPISTENEZ.
ORONTE.
CLIMANTE.
CLEARQVE. } Medecins.

CLARICE.
LVCINDE.
ALPHEE.
LVCILLE.
CALISTE. } femmes des Medecins.

CONVIEZ à la Comedie & au bal.
DEVX MVSICIENS , representant Esculape &
  Mome.
VN EXEMPT du Guet.
LE BALAFRE'.
SANS MALICE. } Archers du Guet.
AVTRES ARCHERS.
SIX FEINTS TVRCS.
LE DRAGOMAN.
VN SVISSE.
ANTHOINE, valet des Medecins.

La Scene est à Paris.

LES PERSONNAGES
DE LA COMEDIE EN COMEDIE.

FLORIMONT.
ROSIDOR. }
ELOMIRE. } *Comediens.*
ANGELIQVE, *Comedienne.*
AVTRES COMEDIENS ET COMEDIENNES.
LE PORTIER des Commediens.
LE CHEVALIER.
LE COMTE.
LE MARQVIS.
VN VALET.

La Scene est dans la Salle des Comedies du Palais Royal.

ELOMIRE

ELOMIRE
HYPOCONDRE,
OV
LES MEDECINS
VENGEZ.
COMEDIE.

ACTE PREMIER.
SCENE PREMIERE.

La Scene de cet Acte est dans la Chambre d'Elomire,
qui doit estre fort parée.

ELOMIRE, ISABELLE, LAZARILE.

ELOMIRE.

OY qui depuis l'Hymen qui nous vnit
    tous deux,
N'eus que d'heureuses nuits, & que des
    iours heureux;
Toy qui fut mon plaisir, toy dont ie fus la ioye,
Aprends le dur reuers que le Ciel nous enuoye:

A

Et pour me ſoulager en de ſi grands trauaux,
Compagne de mes biens,viens l'eſtre de mes maux.

ISABELLE.

Quel mal auez-vous donc ?

ELOMIRE.

Ah ! i'en ay mille enſemble.

ISABELLE.

Quels maux;& depuis quand: dites viſte,ie tremble?

ELOMIRE.

N'as-tu point remarqué que depuis quelque temps
Ie touſſe, & ne dors point ?

ISABELLE.

Non.

ELOMIRE.

Ie croy que tu ments.
Et ce frais en bon-point dont brilloit mon viſage,
Comment le trouues-tu ?

ISABELLE.

Tout de meſme.

ELOMIRE.
Le gage

Contre toy qu'il s'en faut pour le moins les trois
   quarts.

       ISABELLE *à part.*

Que dit-il, iuftes Dieux! ah les vilains regards?
Il eft fou.

       ELOMIRE.

   Lazarile, ais-je pas le teint blefme!

       LAZARILE.

Ouy, Monfieur.

       ELOMIRE.

     Le miroir me l'a dit tout de mefme;
Et ces bras qui naguere eftoient de vrais gigots,
Comment les trouues-tu ?

       LAZARILE.

      Ce ne font que des os,
Et ie croy que bien-toft, plus fecs que vieux fque-
   letes,
On s'en pourra feruir au lieu de caftaignettes.

       ISABELLE.
Lazarile.

       LAZARILE.

   Madame ?

       ISABELLE.

      Apprenez qu'vn valet
Qui fe moque d'vn Maiftre, a fouuent du balet;
       A ij

Et fi vous ne voulez profcrire vos épaules,
Taifez-vous, & fçachez que nous auons des gaules:
Quoy! voftre Maiftre eft maigre, & pafle, dites vous?

LAZARILE.

S'il n'eft tel à mes yeux, qu'on m'aſſomme de coups.

ISABELLE.

Eft-il tel à vos yeux, s'il eft autre à ma veuë?

ELOMIRE.

Mais, ma femme, peut-eftre, auez-vous la berluë?
Car, enfin, Lazarile …

ISABELLE.

        Et Lazarile & vous,
Si vous-vous croyez maigre & pâle, eftes deux foux:
Vous dormez comme vn porc, vous mangez tout
    de même;
Qui diantre-donc pouroit vous rendre maigre &
    blême.

ELOMIRE.

I'auray donc la couleur telle que tu voudras;
Et mefme fi tu veux, ie feray gros & gras:
Mais que m'importe-t-il, ie me croy bien malade,
Et qui croit l'eftre, l'eft.

ISABELLE.

        Mais qui fe perfuade

D'eftre malade alors qu'il eft fain comme vous,
Eft dans le grand chemin de l'hófpital des foux.

LAZARILE.

Madame dit fort bien ; & fi ie ne m'abufe,
Il faudra vous y mettre...

ELOMIRE.

O la plaifante buze !
Quand, côme il vous paroift, i'aurois l'efprit gafté,
Eft-ce que l'on met là les foux de qualité ?
Y vid-on de la Cour iamais mener perfonne ?

LAZARILE.

Mon Maiftre n'eft pas fou , comment diable, il rai-
  fonne ?
Il dit vray , i'en connois à la Cour plus de fix,
Qui font plus foux que luy.

ELOMIRE.

I'en connoy plus de dix ;
Et ie les nommerois , s'il eftoit neceffaire.

ISABELLE.

Ah ! mon cher Elomire , aprenez à vous taire ;
Ie connoy voftre mal , pour auoir trop parlé,
Quelque ennemy vous a , fans doute , enforcelé.

ELOMIRE.

Comment , enforcelé ? ie fuis donc fans remede ?
                         A iij

ISABELLE.

Qui vous a fait le mal, vous peut donner de l'aide.

LAZARILE.

Ouy bien, si le morceau n'est donné pour toûjours:
Car autrement, mon Maistre est sans aucun secours.

ELOMIRE.

Mais quand ce sorcier-là pourroit m'estre propice,
Comment le voudroit-il, s'il eut tant de malice?

LAZARILE.

S'il estoit honneste homme?

ELOMIRE.

Honneste homme, & sorcier?

LAZARILE.

Il est d'honnestes gens, Monsieur, de tout mestier;
Comme de tout mestier, il en est aussi d'autres.

ELOMIRE.

Mais, s'il est contre nous, peut-il estre des nostres?

LAZARILE.

On ramene souuent les gens au bon chemin;
Et ie vous en répons, s'il n'est pas Medecin:

Mais s'il est tel , ma foy , l'attente est ridicule;
Ie n'en connois pas-vn moins testu que sa mule.

ELOMIRE.

Ah ! ie suis donc perdu , Lazarile.

LAZARILE.
Pourquoy ?
ELOMIRE.

C'en est vn ; qu'en dis-tu ma femme ?

ISABELLE.
Ie le croy:
Mais pourquoy diatre aussi,vous mîtes-vous en tête
De joüer ces gens-là ?

ELOMIRE.

Que veux-tu ? i'estois beste:
Mais quoy ! i'ay fait la faute , & ie la paye bien.

LAZARILE.

Bon courage , Monsieur ; peut-estre n'est-ce rien:
L'on voit beaucoup de gens prendre pour sortilege
Ce qui n'est que poison.

ELOMIRE.

Mais comment le sçaurais-je ?

LAZARILE.

Vous en allez bien-tost estre tout éclaircy;
L'Oruietan & Bary s'en vont venir icy :
A iiij

Ie les en ay priez ce matin par voftre ordre;
Si ceux-là n'y font rien , perfonne n'y peut mordre?

E L O M I R E.

Ie le fçay mieux que toy , nous auons autrefois
Etudié fous eux , & des iours plus de trois :
Et fans eux , ce talent que i'ay pour le Comique;
Ce talent dont ie charme , & dont ie fais la nique
Aux plus fameux bouffons , euft auant le berceau,
En malheureux morné , rencontré fon tombeau.

I S A B E L L E.

Le Ciel l'euft-il permis ?

E L O M I R E.

                    Mais ma chere Ifabelle,
Sans luy nous verrions-nous vne chambre fi belle?
Ces meubles precieux fous de fi beaux lambris;
Ces luftres éclatans, ces cabinets de prix;
Ces miroirs , ces tableaux , cette tapifferie,
Qui feule épuifa l'art de la Sauonnerie:
Enfin , tous ces bijoux qui te charment les yeux,
Sans ce diuin talent feroient-ils en ces lieux?

I S A B E L L E.

Non , ils n'y feroient pas , mais nous vous verions
     fage,
Et cela fuffiroit dans noftre mariage:
Car enfin , dites-moy , fans ces maudits talens,
Auriez-vous entrepris & les Dieux & les gens?
Et fans cette entreprife , auffi fole qu'impie,
Auriez-vous ces accez qui paffent la folie ?

ELOMIRE.

Ie n'entrepris de trop que les seuls Medecins,
Puisque pour s'en venger, ils sont mes assassins:
Mais qui ne l'eust pas fait en vne conjoncture
Où nous vismes leur art berné par la nature,
Lors que sãs son secours,que même il n'offroit pas,
Elle tira Daphné des portes du trépas.

SCENE II.

CASCARET, ELOMIRE, ISABELLE, LAZARILE.

ISABELLE.

QVe veux-tu, Cascaret ?

CASCARET.

C'est Monsieur qu'on demande.

ELOMIRE.

Qui?

CASCARET.

Deux hommes, dont l'vn a la barbe fort grande
L'autre fort courte.

LAZARILE.

Bon ; Monsieur, ce sont nos gens.

ELOMIRE, *à Lazarile.*

Va les faire monter. ✳

✳ *Lazarile fort.*
A Isabelle.

Vous entrez là dedans?

Isabelle & Lazarile estant sortis , Elomire arrange vn fauteüil, vne chaise à dos, & vn placet.

SCENE III.

BARY, L'ORVIETAN, ELOMIRE.

Tous refusent le fauteüil & la chaise à dos, & veulent prendre le placet par ceremonie, en se faisant de grandes reuerences les vns aux autres.

BARY.

L'Humilité trop raualée
cache souuent beaucoup d'orgueil:
C'est pourquoy dans vne assemblée
Le plus grand doit d'abord s'emparer du fautüeil
Le plus petit , tout au contraire,
Toûjours honteux de sa misere,
Ne doit se placer qu'au bas bout,
Et ne parler iamais , que nud-teste & debout,

ELOMIRE.

Par cette regle qui decide

Ce point entre nous debattu,
Celuy de vons deux qui preside
Doit prendre ce fauteüil , ou pasfer pour teftu:
Car ie ne puis fans méconnaiftre
Que l'vn & l'autre fut mon Maiftre,
Ny fans meriter mille coups,
Me feoir ny me couurir, fans m'éloigner de vous.

'L'ORVIETAN.

La choffe a pien chanché de face,
Depuis le temps dont fou parlez:
Fou n'eftiez lors qu'vne limace,
Et qu'vn paufre ferpent , maintenant fou folez:
Ma fou folez à tire d'aifles,
Les Taparins & les Padelles
Ne feroient que fos Ecoliers,
Dont la Cour chaque iour fou coufre de lauriers;

ELOMIRE.

Il eft vray qu'auec quelque gloire
L'on me voit paroiftre à la Cour;
Et fans par trop m'en faire accroire
Ie fçay faire figure en ce brillant fejour:
Mais quelque rang que l'on m'y donne,
Et quelque éclat qui m'enuironne,
Ie ne prendray point le defsus,
Si ie voy qui ie fuis , ie fçay ce que ie fus.

BARY.

L'humilité , ie vous l'auouë,
Quand elle part du fonds d'vn cœur
Fraifchement forty de la bouë,
Merite qu'on l'eftime, & qu'on luy faffe honneur:

A vj

Mais à parler fans artifice,
Ie croirois auecque iuftice,
Deuoir tenir mon quant-à-moy,
Si i'eftois comme vous , le premier fou du Roy.

LAZARILE *à Bary.*

Dites bouffon,Môfieur,le nom de fou nous choque.

BARY.

Ah ! l'ignare , entre nous, ce terme eft vniuoque;
Qui dit fou, dit bouffon ; qui dit bouffon , dit fou.

LAZARILE.

Quoy,côme qui diroit,ou chou-vert,ou vert chou?

BARY.

Tout de mefme ...

LAZARILE.

En ce cas , mon Maiftre eft l'vn & l'autre;
Car c'eft vn grand bouffon.

ELOMIRE.

Taifez-vous , valet noftre;
Ie ne demeure pas bien d'accord de ce fait.

BARY.   *S'affeyant brufquement dans le fauteuil.*

Ie vay vous le prouuer & fort clair & fort net.
Soyez-voy.*   *L'Oruietan prend brufquement la chaife*
à dos , & Elomire le placet.

BARY.

Ie le gueris, te dis-je, & fuft-il endiablé :
Mieux ie gueris les maux, plus ils font incurables.

ELOMIRE.

Dieu beniffe des gens fi bons & fi capables.

BARY.

Quel eft donc voftre mal ?

ELOMIRE.

        Il eft tel, mes amis,
Que fans vous ie fuis mort, & peut-eftre encor pis.

BARY.

Et peut-eftre encor pis ? la mort eft, ce me fem-
   ble,
Le fuc & le preffis de tous les maux enfemble:
On remedie à tout, dit-on, fors qu'à la mort.

ELOMIRE.

Il eft vray ; fçachez donc enfin quel eft mon fort,
Mon amour, Medecin, cette illuftre Satyre
qui plut tant à la Cour, & qui la fit tant rire;
Ce chef-d'œuure qui fut le fleau des Medecins,
Me fit des ennemis de tous ces affaffins,
Et du depuis, leur haine, à ma perte obftinée,
A toufiours confpiré contre ma deftinée.

BARY.

Ce n'eſt pas ſans ſujet, qu'on dit à ce propos,
Plures Medecinam, nutrire nefandas.

ELOMIRE.

Ce n'eſt pas ſans ſujet en effet, car moy-méme
I'éſprouue chaque iour cette malice extréme:
Eſçoutez. L'vn d'entr'eux, dont ie tiens ma maiſon,
Sans vouloir m'alleguer pretexte ny raiſon,
Dit qu'il veut que i'en ſorte, & me le ſignifie:
Mais n'en pouuant ſortir ainſi, ſans infamie,
Et d'ailleurs ne voulant m'éloigner du quartier,
Ie pare cette inſulte augmentant mon loyer.
Dieu ſçait ſi cette dent que mon hoſte m'arrache,
Excite mon courroux, toutefois ie le cache;
Mais quelque temps apres que tout fut terminé,
Quand mon bail fut refait, quãd nous l'eûmes ſigné,
Ie cherche à me venger, & ma bonne fortune
M'en fait trouuer d'abord la rencontre oportune:
Nous auions reſolu, mes compagnons & moy,
De ne joüer iamais, excepté chez le Roy,
Deuant ce Medecin, ny deuant ſa ſequele:
Pourtant, ſoit à deſſein de nous faire querelle,
Soit par d'autres motifs, la femme de ce fat
Vint pour nous voir joüer, mais elle prit vn rat:
Car la mienne auſſi-toſt en eſtant auertie,
Luy fit danſer d'abord, vn branſle de ſortie.
Comme alors ie croyois que tout m'eſtoit permis,
Ie negligeay d'en dire vn mot à mes amis.
Las ! i'aurois preuenu par là, ce que ce here,
Pour venger cet affront, ne manqua pas de faire.
Ie fis donc ce faux pas; tandis ce raffiné
Preuint toute la Cour dont ie me vis berné.

Car par vn dur arreſt qui fut irreuocable,
On nous ordonna preſque, vne amende hono-
　　rable.
Ie vais, ie viens, ie cours, mais i'ay beau tempeſter,
On me ferme la bouche, & loin de m'écouter,
Taiſez-vous, me dit-on, petit vendeur de baume,
Et croyez qu'Eſculape eſt plus grand Dieu que
　　Mome.
Apres ce coup de foudre, il fallut tout ſouffrir;
Ma femme en enragea, ie faillis d'en mourir;
Et ce qui fut le pis, pendant ma maladie,
Fallut de mes boureaux, ſouffrir la tyrannie.
Ma femme les manda, ſans m'en rien témoigner,
Dabord qu'ils meurent veus, *faut ſaigner, faut ſai-*
　　gner,
Dit noſtre bredoüilleur. *Ah! n'allons pas ſi viſte,*
L'on part toûjours à temps, quand on arriue au giſte,
Dit Monſieur le lambin, *c'eſt la bien decider,*
Dit vn autre, *il ne faut ny ſaigner ny tarder,*
Si l'on tarde, il eſt mort, ſi l'on ſaigne hydropique;
Et noſtre peu d'eſpoir, n'eſt plus qu'en l'Emetique;
Chacun des trois s'obſtine, & ſouſtient ſon aduis,
Et tous trois, tour à tour, en fin furent ſuiuis:
L'on ſaigna, l'on tarda, l'on donna l'Emetique,
Et ie fus fort long-téps leur plus grande pratique.
A la fin ie gueris, mais s'il faut l'aduoüer,
Ce fût par le plaiſir que i'eus de voir ioüer
Mon amour, medecin, par mes Medecins meſmes;
Car malgré mes chagrins & mes douleurs ex-
　　trémes,
I'admiray ma copie en ces originaux,
Et ie tiray mon mal d'où i'auois pris mes maux.

BARY.

C'eſt ainſi qu'vn miracle en a produit vn autre.

ELOMIRE.

Si i'ay fait mon miracle, il faut faire le voſtre:

BARY.

Nous vous l'auons promis non pas *semel*, mais *bis.*
Mais baſte; *Operibus credito, non verbis.*

L'ORVIETAN.

Res. faciunt fidem, non verba, dit Flamine.

ELOMIRE.

Soit, voila de mes maux la premiere origine;
Eſcoutez la ſeconde. Auſſi-toſt que mon cœur
Eut repris tant ſoit-peu de force & de vigueur;
Et que de mon eſprit la fâcheuſe penſée
Des ſuites de la mort, ſe fût vn peu paſſée,
Ie pris tant de plaiſir à voir tous les matins,
Mes croteſques Docteurs preſcher ſur mes baſſins,
Et humer à plain nez leur fumante purée.
Que de ma gueriſon, i'ay la preuue aſſeurée;
Car ma force redouble, & ie deuiens plus frais,
Et plus gros & plus gras que ie ne fûs iamais.
Lors ie monte au Theâtre, où par de nouueaux
     charmes,
Mon amour medecin fait rire iuſqu'aux larmes,
Car en le confrontant à ſes originaux,
Ie l'auois corrigé iuſqu'aux moindres deffauts.
Ainſi, d'vn nouueau bruit cette merueille éclate;
Chacun y court en foulle épanoüir ſa rate;
Et quoy qu'à trente ſols, il n'eſt point de Bourgeois
Qui ne le veuille voir, du moins cinq ou ſix fois.
Iugez mes chers amis, ſi ie ris dans ma barbe,
De voir ainſi dauber la caſſe & la rubarbe;
Et ſi, voyant groſſir chaque iour mon gouſſet

De ce douzain Bourgeois , i'ay le cœur fatisfait.
Ie leus , n'en doutez point , & de toute maniere ;
Mais que la ioye eft courte , à lors qu'elle eft
    entiere ,
Et qu'on voit rarement , du foir iufqu'au matin ,
Durer fans changement, le cours d'vn beau deftin.
Ie viuois donc ainfi dans vne paix profonde ;
Plus heureux que mortel qui fut iamais au monde ,
Quand vn foir, reuenant du Theatre chez moy ,
Vn phantofme hydeux que de loin i'entrevoy ,
Se plante fur ma porte , & bouche mon allée :
Ie n'en fais point le fin , mon ame en fut troublée;
Et troublée à tel point , qu'eftant tombé d'abord,
On ne me releua que comme vn homme mort.
Ie reuins ; mais helas ! depuis cette aduanture ,
I'ay fouffert plus de maux qu'vn damné n'en
    endure ;
Et fans exagerer ie vous puis dire auffi
Qu'homme n'a plus que moy, de peine & de foucy.
Vous en voyez l'effet de cette peine extrême ;
En ces yeux enfoncez , en ce vifage blefme ;
En ce corps qui n'a plus prefque rien de viuant ,
Et qui n'eft prefque plus qu'vn fquelette mouuant.

BARY.

Où fouffrez-vous le plus , au fort de ces tortures ?

ELOMIRE.

Par tout également , iufques dans les jointures :
Mais ce qui plus m'allarme , encore qu'il le deuft
    moins ,
C'eft vne groffe toux , auec mille tintoins ,
Dont l'oreille me corne.

BARY.

> O les grandes merueilles ?
> Les cornes sont toûjours fort proches des oreilles.

ELOMIRE.

I'aurois des cornes, moy ? moy ie ferois cocu ?

L'ORVIETAN.

On ne dit pas qu'encor, fou le soyez *actu*;
Mais estant marié, c'est chosse tres-certaine,
Que fous lestes du moins, en puissance prochaine.

ELOMIRE.

Ah ! treue de puissance & d'acte, s'il vous plaist.
Et de grace, laissez le monde comme il est ;
Ie ne suis point cocu, ny ne le sçaurois estre,
Et i'en suis, Dieu mercy bien asseuré,

BARY.

Peut-estre,

ELOMIRE.

Sans peut-estre ; qui forge vne femme pour soy,
Comme i'ay fait la mienne, en peut iurer sa foy.

BARY.

Mais quoy que par Arnolphe, Agnes ainsi forgée,
Elle l'eust fait cocu, s'il l'auoit épousée!

ELOMIRE.

Arnolphe commença trop tard à la forger ;
C'est auant le berceau qu'il y deuoit songer ;
Comme quelqu'vn l'a fait.

L'ORVIETAN.

On le dit.

ELOMIRE.

Et ce dire

Est plus vray qu'il n'est jour...

BARY ET L'ORVIETAN
s'éclatant de rire en mesme temps.

Ah ! ah ! ah ?

ELOMIRE.

Pourquoy rire.

BARY.

Bons Dieux , qui ne riroit ? quoy vous Comedien,
Vous piquerez d'vn nom dont mille gens de bien
Se moquent tous les iours ;

ELOMIRE.

Qui le voudra s'en moque,
Ie n'en fais point le fin , le nom de sot me choque;

BARY.

Mais de grace, parlons vn peu sans passion.
Homme fit-il iamais vostre profession,

Qui femme euſt pour luy ſeul?

ELOMIRE. *Bruſquement.*

Et pourquoy pour les autres?

BARY.

Parce que parmy vous toutes choſes ſont voſtres.
Point de *mien*, point *tien*, non plus qu'au ſiecle d'or.

ELOMIRE. *Hauſſant ſa voix.*

Bon pour les tabarins, & leur Maiſtre, Mondor;
Bon pour leurs deſcendās, qui par tout le Royaume
Courent ainſi que vous, y debiter le baume;
L'onguent pour la brûlure, & le contre-poiſon.

BARY. *Hauſſant ſa voix, &*
ſe mettant en colere.

Elomire, morbleu… Point de comparaiſon;
Le nom d'Operateur eſt d'vn trop haut étage,
Pour eſtre raualé par vn… Sang bleu, i'enrage;

ELOMIRE. *Du meſme ton.*

Ie n'enrage pas moins, ventre, & ſi ce n'eſtoit
Que vous eſtes chez moy, le gourdin trotteroit.

L'ORVIETAN. *Du meſme ton.*

Le courdin trotteroit! dis donc ſur tes épaules.
Tarte à la crême. *En diſant tarte à la crême,*
il prend vn bout du chapeau d'Elomire, & luy fait
faire vn tour ſur ſa teſte.

ELOMIRE, *transporté de co-*
lere à ce tour de chapeau.

Ah teste, à moy mes gens, dès gaules!
Lazarile, fondons fur ces croque-crapaux;

Elomire fe veut jetter fur l'Oruietan & fur
Bary à ces mots : & Lazarile fe met entr'eux,
& retient Elomire.

LAZARILE.

Ah ! fongez à vos maux:
Et vous reffouuenez que par cette colere,
Vous perdez vn fecours qui vous eft neceffaire.

ELOMIRE. *Voulant fe jetter fur*
Bary & fur l'Oruietan, malgré Lazarile.

N'importe que ie perde, en deuffe-je mourir,
Ie veux venger l'affront que ie viens de fouffrir.

BARY. *D'vn ton menaçant.*

Et bien donc, tu mourras, frenetique caboche ;
Mais quoy que ton trépas-des-ja foit affez proche,
Il n'arriuera point qu'en l'Hofpital des fous,
Tu ne fois couronné, comme le Roy de tous.
Bary & l'Oruietan fortent.

ELOMIRE. *Eftant refté feul*
auec Lazarile, & demeuré tout d'vn coup comme
interdit & confus.

Cent fois plus eftourdy qu'vn hôme que la foudre

A fans brifer fes os, renuerfé fur la poudre;
Interdit & confus du faux pas que i'ay fait;
Ie commence dé-ja d'en reffentir l'effet;
Oüy, i'aperçoy déja que tous mes maux redoublét;
Que ma raifon s'égare, & que mes fens fe trou-
blent.
Et fi ton amitié ne vient à mon fecours;
Lazarile, tu vois le dernier de mes iours.

LAZARILE.

Mais pourquoy quereller, & par vn pur caprice,
Des gens venus exprés pour vous rendre feruice?

ELOMIRE.

Ah ne connois-tu pas ma trop jaloufe humeur,
Elle emporte mon ame auec tant de fureur,
Que d'abord qu'on me parle ou de femme ou de
cornes,
Ma raifon eft fans force, & ma rage fans bornes.

LAZARILE.

Sans ce foible, on vous euft guery dans vn *Pater*;
Mais, *vno auulfo, non deficit alter*;
Comme dit doctement, voftre amy Carmeline:
Quittez donc cet air trifte, & cette humeur cha-
grine;
Car fans eftre connu, par mon inuention,
Vous aurez aujourd'huy la confultation
Des trois plus grands Docteurs qui foient dans le
Royaume;
Mais ne les traitez pas en debiteurs de baume;
Ils font tous Medecins, & de la Faculté;
Vous fçauez ce qu'on doit à cette qualité.
ELOMIRE.

ELOMIRE.

Ie sçay ce qu'on luy doit, & ce qu'on luy doit rēdre;
Et par là , ie ne sçay ce que i'en dois attendre;
Mais n'importe, en l'estat où ie me voy reduit,
Ie me soûmets à tout , fust-ce sans aucun fruit.

LAZARILE.

Allons donc ?

ELOMIRE.

Ie le veux : allons aimable drille ;
Si ie guery iamais, ie te donne ma fille.

LAZARILE.

Vostre fille pourroit, possible estre plus mal,
Mais...

ELOMIRE.

Sans mais , rien ne vaut vn valet si loyal.

Fin du premier Acte.

ACTE II.
SCENE PREMIERE.

La Scene de cet Acte est deuant & dedans vne grande maison, à la porte de laquelle il y vn Suisse, & où arriuent les trois Medecins sur leurs mules pour voir Elomire déguisé en Turc, sous le nom du Bassa Sigale.

ALCANDRE, GERASTE, EPISTE-NEZ, ANTOINE, LE SVISSE.

ANTOINE.

Svisse, est-ce icy l'Hostel de Monseigneur Sigale?

LE SVISSE.

Dy Bassa, point Mósgneur; ma q'ueut-sti parpe-sale?

ANTOINE.

Ce sont ses Medecins qui viennent le guerir.

LE SVISSE.

Martecins? pon mon foy, pou fare ly mourir.
Martecins pons pouriots; cóme il disoit mon fame
Quand dy leu drogueman, il y voumit son lame.

ALCANDRE.

Ouurez Suiſſe, ouurez viſte; apres tout à loiſir,
Vous cuuerez le vin qui vous fait diſcourir.

LE SVISSE.

Moy lyvre ? point pourtout : ton chiual n'eſt qun
   peſte :
Moy point mal à mon pied ; moy point mal à mon
   teſte.

ALCANDRE.

Antoine, entrez dedans, & parlez à quelqu'vn.

LE SVISSE, *preſentant ſa hal-*
lebarde à Antoine, qui veut entrer dans la maiſon.

Party, ſi lentre toy ; moy ty ...

ALCANDRE, *à part.*

                Quel importun ?
Sans doute il nous fera perdre quelque pratique.

LE SVISSE, *ioüant de ſa hal-*
lebarde, & faiſant vn petit ſaut apres.

Moy pou les Martecins fair touchour trique, nique ?
Friſque, fraſque, & pon fin pour moy Suiſſe, mon foy.

ALCANDRE, *Voyant des Turcs*
       dans la Cour.

Hola, gens du Baſſa ; venez, & parlez-moy ?
            à part.
         B ij

I'en voy fix , & parbleu pas vn d'eux ne s'auance;
Mais , enfin, les voicy ; dieux ! quelle contenance?
Les fix Turcs viennent , & font de grandes reue-
rences aux Medecins , fans rien dire , s'eftant mis en
haye deuant la porte.

SCENE II.

SIX TVRCS, ALCANDRE, GERASTE, EPISTENEZ, ANTOINE, LE SVISSE.

ALCANDRE, *aux Turcs faifans*
les reuerences.

TRéue de reuerence , & parlez , s'il vous
plaift:
Eft-il heure d'entrer , voftre Maiftre eft-il preft?

LE SVISSE, *à Alcandre.*

Toy l'eft fou Martecin, n'entendre point ton lãgue:
Le Dragoman paroift.
Ma foicy ly Dracman , fiche à ly ton harangue.

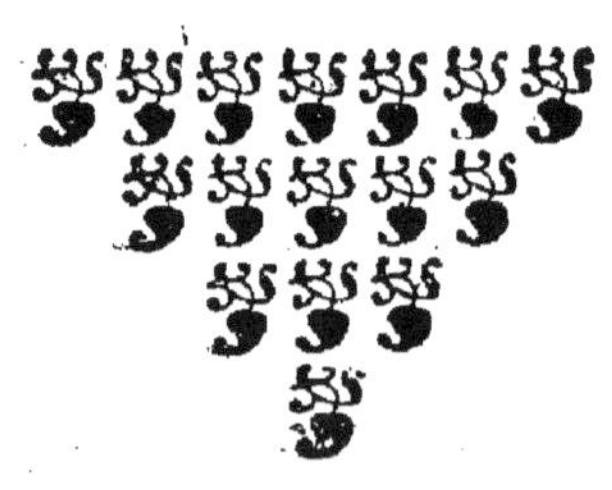

SCENE III.

LE DRAGOMAN, LES SIX TVRCS, ALCANDRE, GERASTE, EPISTENEZ, ANTOINE, LE SVISSE.

ANTOINE.

MOnsieur le Dragoman, peut-on voir le Baſſa?
Voicy ſes Medecins.

LE DRAGOMAN. *Dés qu'il parle l'vn des Turcs ouure viſte la grande porte, & tous les ſix s'eſtant mis trois à trois des deux coſtés, les Medecins entrent ſur leurs mules dans la cour, dont la porte ſe referme auſſi-toſt que les Turcs, & le Dragoman ſont auſſi rentrez.*

Muſtapha, Baroc, Mil-duc, Dalec. Meſſieurs, voſtre arriuée Profite à Monſeigneur, comme aux champs la roſée.

Vne toille ſe tire, & il paroiſt vne chambre bien parée, dans laquelle Elomire & Laʒarile paroiſſent habillez en Turcs. Elomire eſtant aſſis ſur vn carreau, les iambes croiſées, & Laʒarile debout.

SCENE IV.

ELOMIRE, LAZARILE.

LAZARILE.

ET bien, n'aurez-vous pas la consultation
Que vous souhaitiez tant, par mon inuention?
Et sans estre connu des bastards d'Hypocrate,
Ne leur pourrez-vous pas montrer & foye, & rate,
Et tripes & boudins; c'est à dire, en vn mot,
Leur dire tous vos maux, iusqu'à ceux du garrot.

ELOMIRE.

Qu'entens-tu par ces maux du garrot, il me semble
Que cela sent le trot, & le galop, & l'amble;
C'est à dire la beste, & ie ne la suis pas.

LAZARILE.

Combien donc s'en faut-il? par ma foy pas deux pas:
Ouy, vous estes cent fois moins hôme que pecore;
Monsieur, ie vous l'ay dit, & ie le dis encore:
Ce foible soupçonneux, enfin, vous rendra fou;
Et si i'y suis trompé, qu'on me casse le cou.
  Quoy, dés qu'on dit vn mot qui vous semble equi-
      uoque,
Vous y trouués à mordre, & vôtre esprit s'é choque.

ELOMIRE.

Mais quãd on dit qu'vn hôme en tient sur le garrot,

Qu'eſt-ce à dire en François, ſinon qu'il eſt vn ſot?
Et ſot, en cet endroit, n'a-t-il pas vn ſens double?

LAZARILE.

Mon Maiſtre, ſur ma foy, peu de choſe vous trou-
  ble;
Vous trouueriez, ie penſe, à tondre ſur vn œuf:
Mais pour noſtre repos, fuſſiés-vous déja veuf:
Auſſi-bien, ſans cela, ie vous croy ſans remede,
Dans ce foible faſcheux, qui ſi fort vous poſſede.

ELOMIRE.

Tel eſt l'ordre fatal de mes cruels deſtins.

LAZARILE.

Mais ſi, comme il ſe peut, Meſſieurs vos Medecins
Vont toucher cette corde?

ELOMIRE.

            En ce cas, Lazarile,
Il faudra tout ſouffrir, quoy que faſſe ma bile.

SCENE V.

LE DRAGOMAN, ELOMIRE, LAZARILE.

LE DRAGOMAN.

SEigneur, tes Medecins sont là bas?

ELOMIRE.

Fay monter.

Le Dragoman sort,

LAZARILE *ayant mis trois sieges aux costez d'Elomire,*

Monsieur, contraignés-vous?

ELOMIRE.

Ie te vay contenter.

SCENE VI.

ALCANDRE, GERASTE, EPISTENEZ, ELOMIRE, LAZARILE.

ELOMIRE, *ayant fait asseoir les Medecins à ses costez.*

Vostre gloire, Messieurs, doit estre sans se-
    conde,
Qu'vn hõme tel que moy viéne du bout du monde,
Et mesme du plus beau de tous ses bouts diuers,
Chercher ce qu'é vous seuls on trouue en l'Vniuers;
C'est à dire, vn remede à des maux incurables.

ALCANDRE.

Nous ne guerissons point, Seigneur , de maux sem-
    blables ,
Et si les tiens sont tels , il n'estoit pas besoin
Que ta Hautesse vinst nous chercher de si loin.

ELOMIRE.

Si ie les nomme ainsi, c'est que ie les mesure
Aux cuisantes douleurs que sans cesse i'endure:
Car en comparaison de ces viues douleurs,
Tous les maux des enfers ne sont rié que des fleurs:

GERASTE.

Quels que soiét ces grãds maux,si l'Art & la Nature
Y peuuent quelque chose , on en verra la cure ;

D   v

Car nous te pouuons dire icy, fans vanité,
Que tu vois en nous trois toute la Faculté ;
C'eſt à dire, en vn mot, tout le ſçauoir du monde,
Touchant noſtre ſcience & ſublime & profonde.
Mais, Seigneur, ie m'étonne, & non pas ſans raiſon,
Qu'ayant eſté nourry loin de noſtre horiſon,
Tu nous parles François, & mieux qu'vn François
    même.

ELOMIRE.

I'en ferois tout autant, ſi i'eſtois en Boëme,
En Pologne, en Suede, en Pruſſe, en Dannemarc,
A Veniſe, au milieu de la Place Saint Marc,
En Eſpagne, en Sauoye, en Suiſſe, en Angleterre,
Enfin, dans tous les lieux qu'on habite ſur terre.

ALCANDRE, *demy bas.*

Voila de la monnoye à dupper bien des gens.

ELOMIRE, *bas à Lazarile.*

Ils m'appellent trompeur.

LAZARILE, *bas à Elomire.*

    St, ſt.

ELOMIRE, *bas.*

              Ah ! ie t'endends :
Meſſieurs, reuenons donc à noſtre maladie.

ALCANDRE.

Eſt-ce la lepre ?

ELOMIRE.

Non :

GERASTE.

Quoy donc, l'epylepsie ?
Ces maux-là sont communs, dit-on, dans le Leuant?

ELOMIRE.

Quelque communs qu'ils soient, i'en suis pourtant
exent :
Grace au Ciel ie suis net, & iamais ie ne tombe.

ALCANDRE.

Dy-nous donc sous quel mal ta Hautesse succombe?
Car, excepté ceux-là, ie n'en connus iamais
Aucun qui meritast les plaintes que tu fais :
Car tous ces autres maux, comme goute & grauelle,
Nous les traitons icy de pure bagatelle;
Et si quelqu'vn de nous ne les guerissoit pas
En moins de quatre iours, on n'en feroit nul cas.

ELOMIRE.

Tous ces maux-là chez nous sont pourtant incurables.

ALCANDRE.

Vraiment vos Medecins sont donc bien peu capa-
bles,
Et i'auouë à present, que c'est auec raison
Que ta Hautesse cherche ailleurs sa guerison *
  * *Alcandre & Geraste prennent chacun vn bras*

B vj

d'Elomire , & luy taſtent le poulx.
Ca dõc,vn peu le bras;ce poulx n'eſt pas trop iuſte.*
  * *Parlant à Geraſte.*
Monſieur , qu'en dites-vous ?

GERASTE.

La-la.

ALCANDRE.

D'vn ſang aduſte;
Prouiennent quelquefois ces inégalitez,
Ne nous y trompons pas ?

GERASTE.

Ho , ho , Monſieur, taſtez;
Cette inégalité paroiſt bient dauantage.
  Elomire paſlit de peur à ces mots.

ALCANDRE.

En effet, ie la voy iuſques ſur ſon viſage:
Il eſtoit tout à l'heure & vif & coloré,
Et ie le voy tout paſle, & tout défiguré.

GERASTE.

Ta Hauteſſe ſent-elle aux fond de ſes entrailles
De nouuelles douleurs ?

ELOMIRE, *interdit de peur.*
Oüy , non.
GERASTE.
Tu nous railles ?

ELOMIRE.

Non, ie ne raille point.

ALCANDRE.

Dy donc, que reſſens tu?
As-tu plus de douleurs, és-tu plus abattu?

ELOMIRE, *interdit de plus en plus.*

Oüy, non; ie ne ſçay.

ERASTE, *à Alcandre.*

Quelqu'accés qui redouble,
Vient d'émouuoir ſa bile, & c'eſt ce qui le trouble.

ELOMIRE, *tout tranſi de peur.*

Ah! ie me meurs?

ALCANDRE.

Seigneur, parle donc, réponds nous?

GERASTE.

Courage, ce n'eſt rien, ie retrouue ſon poulx.

ALCANDRE.

En effet, ie le ſens, & fort ferme & fort iuſte:
Voyés meſme ſon teint, & comme il ſe rajuſte.

ELOMIRE, *reprenant cœur à*
ces paroles.

Vous dites vray, Meſſiéurs, ie me porte bien mieux.

GERASTE,   *à Alcandre.*

Ce symptome dénotte vn corps bien bilieux.

ALCANDRE,   *à Geraste.*

Vous croyez donc, Monsieur, qu'il vienne de la bile?

GERASTE.

Ouy vrayment, il en vient, & de la plus subtile.

ALCANDRE.

S'il venoit de la bile, il auroit plus duré,
Et mesme, son esprit se seroit égaré.

GERASTE.

Ne l'a-t-il pas esté? ces ouy, non...

ELOMIRE, *d'vn ton menaçant.*

Messieurs, tréue
D'égarement.

LAZARILE, *bas à Elomire.*
St, st.

ELOMIRE, *bas à Lazarile.*

Lazarile, ie créue:
Ils m'ont fait tant de peur que i'ay pensé mourir,
Et me traitent de fou.

LAZARILE, *bas.*
Songez à vous guerir;

Vous en pourrez vn iour faire vne Comedie.

ELOMIRE, *aux Medecins.*

Ca, Messieurs, dites donc, quelle est ma maladie,
En sçauez-vous la cause?

ALCANDRE.

On estoit sur ce point,
Tout à l'heure.

ELOMIRE.

Pourquoy n'y reuenez-vous point?

ALCANDRE.

Quand tu parles, Seigneur, c'est à nous à nous taire;
Et tu t'entretenois auec ton Secretaire.

ELOMIRE.

Ie ne luy parle plus à present.

GERASTE.

Donc, Seigneur,
Ie disois que ton mal prouenoit d'vne humeur
Bilieuse; & Monsieur souftenoit le contraire
Quand pour ne t'interrompre, il a fallu nous taire.

ALCANDRE.

Le contraire est aussi, ma foy, bien euident;
Car qui dit bilieux, dit jaloux & mordant,
Et sa Hautesse n'est pourtant ny l'vn ny l'autre.

ELOMIRE.

Ce sentiment est iuste, & fort conforme au nostre.

GERASTE.

Il ne l'est pas au mien ; mais peut-estre, Seigneur,
N'aprouueras-tu pas vne si libre humeur ;
Auquel cas ie me tais.

ELOMIRE.

                        Ie me tairay moy-mesme,
Plutost que d'ignorer d'où vient mon mal extrême:
Car comme ie recherche icy la verité,
Ie veux que l'on me parle auec sincerité.

ALCANDRE.

Ta Hautesse a raison; car qui veut qu'on le trompe,
Dit l'vn de nos Autheurs, merite qu'on le rompe;
C'est à dire, qu'on laisse enraciner ses maux,
Iusqu'à pourir sa chair, & ses nerfs, & ses os.

ELOMIRE.

Parlez donc librement, auec toute assurance
D'auoir, si ie gueris, vne ample recompense.

GERASTE.

Ie disois donc, Seigneur, & ie te le redis,
Que tout ce qu'il allegue est contre mon aduis,
Il dit, pour soustenir que ce n'est point la bile
Qui cause tous tes maux, en corrompant ton chile,

Que tu ne fus iamais médisant, ny jaloux :
Peut-on parler ainsi , sans estre au rang des foux?
Dites-moy , mon Confrere, en bonne conscience
Auecques sa Hautesse auez-vous pris naissance?
Est-ce vous qui l'auez conduite iusqu'icy :
D'où la connoissez-vous , pour en parler ainsi?

ALCANDRE.

O ! la belle incartade, & la bonne asnerie :
Ne connoissons-nous rien par phisionomie?

GERASTE.

Vraiment si c'est par là que vous iugez des maux,
Et que vous les pensez , il est bien des lourdauts;
Car vous ne manquez pas, comme on sçait, de pra-
tique.

ALCANDRE.

Non ie n'en manque pas, & c'est ce qui vous pique
Volontiers.

GERASTE.

Nullement; mais, Monsieur, reuenons,
Comme dit galamment Panurge , à nos moutons.

ELOMIRE.

C'est bien dit ; car déja i'estois las de querelle.

ALCANDRE.

Ces petits differens ne viennent que du zele
Que nous auons, Seigneur, pour ceux que nous
traitons.

[ELOMIRE.

Ce zéle est indiscret ; car tandis nous souffrons. *
           * S'adreſſant à Epiſtenex.
Mais vous, Môſieur, d'où vient vn ſi profond ſilence?
Vous n'auez pas encor dit vn mot.

EPISTENEZ.

                                        Quand ie penſe
A tout ce que ie voy ſur ton viſage écrit,
Vn tel étonnement vient ſaiſir mon eſprit,
Que i'en ſuis ſtupéfait.

ELOMIRE, à Alcandre & à Geraſte.

                    Autre phyſionome?

ALCANDRE.

Ouy, Seigneur, c'en eſt vn, & des gráds du Royaume;
Ie croy qu'auprés de luy le Maltois ne ſçait rien.

ELOMIRE.

Le Maltois? ie me trompe, ou ie le connoy bien.
Ouy, iadis i'en vis vn qu'on nommoit de la ſorte:
Mais celuy-là paſſoit pour grand fourbe à la Porte:
On nomme ainſi, Meſſieurs, la Cour du grand Sei-
gneur.

ALCANDRE.

Celuy dont nous parlons eſt fort hôme d'honneur,
Fort ſçauant, fort expert; mais Monſieur le ſurpaſſe.

ELOMIRE, *à Epiſtenex.*

De grace, ſçachons donc, Monſieur, ce qui ſe paſſe
Dans vn ſi bel eſprit, tandis que vos regards
Roulent tout égarez ſur moy de toutes parts.

EPISTENEZ.

Ah ! s'il m'eſtoit permis, Seigneur, de te tout dire,
Tu guerirois d'vn mal qui tous les iours enpire.

ELOMIRE, *ſe leuant bruſquement,*
& les Medecins ſe leuant auſſi.

De quel mal ? dites viſte ; ah ! ſi i'en puis guerir,
Voſtre fortune eſt faite ?

EPISTENEZ,   *à part, mais vn*
peu haut.

                        En deuſſe-je mourir,
Ie m'en vay tout luy dire ; helas ! que vais-je faire ?
Qui dit vray chez les Grands, peut-il iamais leur
    plaire ?

ELOMIRE.

Oüy, vous me plairez ; ie vous...

EPISTENEZ.

                        N'en jure point ;
D'antres que toy, Seigneur, m'ont manqué ſur ce
    point,
Qui ne me ſembloient pas d'humeur plus inégale.

ELOMIRE.

Quoy ! vous traitez ainſi le grand Baſſa Sigale ?
Et ce grand rejeton du ſang des Ottomans,
Sera creu ſans parole, ainſi que vos Normands?

EPISTENEZ.

Tu me commandes dònc, Seigneur, que ie te die
Ce que de ta perſonne, & de ta maladie,
Les regles de mon Art me viennent d'expliquer?
Et tu promets de plus de ne t'en pas piquer?

ELOMIRE.

Oüy, ie vous le promets ; & ie iure au contraire,
Que vous me faſcheriez, ſi vous le vouliez taire.

EPISTENEZ.

Sur ta parole donc, ie te diray, Seigneur,
Pour montrer que mon Art n'eſt point vn Art pi-
　　peur,
Et que ſur luy tu peux fonder tes eſperances,
Touchant ta gueriſon, que vainement tu penſes
Paſſer dans mon eſprit pour ce Baſſa fameux
Dont tu portes le nom.

ELOMIRE, *bruſquement & haut.*

Qui ſuis-je donc, vn gueux?

EPISTENEZ.

Ie voy qu'auec raiſon i'auois voulu me taire;
Car tu parles d'vn ton qui n'eſt pas ſans colere ?

Demeurons-en donc là , c'eſt le plus aſſuré.

ELOMIRE.

Non , Monſieur , ie ne fus iamais plus moderé,
Si i'ay parlé d'vn ton trop haut pour vos oreilles,
Ie le rabaiſſeray.

EPISTENEZ.

Tu dis touſiours merueilles,
Seigneur , mais...

ELOMIRE.

Point de mais ; ſoit pour , ou contre moy:
Parlez , i'écoute tout , j'en engage ma foy:
Et ſi vous me voyés dans la moindre colere
Taiſez-vous pour me perdre , & pour vous ſatis-
faire.

EPISTENEZ.

Ie t'ay donc dit, Seigneur, que mon Art met au iour
Le tour ingenieux que tu fais à la Cour,
En t'y faiſant paſſer pour le Baſſa Sigale.

ELOMIRE.

Qui ſuis-je donc au vray?

EPISTENEZ.

Ce point eſt vn dédale,
Où malgré tout mon art , ie me trouue égaré:
Car apres qu'à loiſir ie t'ay conſideré
Au front, aux yeux, au nez, à la barbe, à la bouche,
Et raiſonné par tout , ſur tout ce qui te touche,

Ie voy bien que tu viens de ce riche pays
Où les Iuifs ramaſſez demeurerent iadis.

ELOMIRE, *bas à Lazarile.*

Il dit vray, ie ſuis né dedans la friperie,
Qu'autrement à Paris l'on nomme Iuifuerie,
Lazarile, cet homme eſt habile en ſon art,
Pourſuiuez s'il vous plaiſt, *
                    Haut à Epiſtenes.

EPISTENEZ.
                    Mais auſſi d'autre part,
Quand j'obſerue ton air, ta demarche & ta taile,
Ie ny trouue pour toy nulle marque qui vaille,
Et n'eſtoit que ton front prend contr'eux ton
          party,
Ie ne te croirois rien qu'vn faquin traueſty.
Mais d'vn tel faquiniſme, en vain ie voy la marque,
Ce front que ie te dis eſt le front d'vn Monarque;
Et mon art eſt trompeur, ce que ie ne croy pas,
Où tu t'es veu n'aguere au rang des Potentats :
De ces diuerſitez ne ſçachant point la cauſe.
Ie n'en parleray point :

ELOMIRE.

Bon, parlons d'autre choſe :

EPISTENEZ.

Te plaira-t'il, Seigneur, que ce ſoit de ton mal,

ELOMIRE.

C'eſt comme ie l'entends, s'il vous plaiſt.

EPISTENEZ.

                         L'animal,
Difent tous nos Autheurs, eft fujet à cent chofes;
Mais dans le brutte feul, on en connoift les caufes:
Et la raifon en eft, difent ces grands Autheurs,
Qu'en la brutte, aucun mal ne vient que des hu-
    meurs.
Et comme ces humeurs font toutes corporelles,
On connoift aifément, ces caufes par les celles ;
Car ces corps vne fois l'vn à l'autre attachez,
Ne fe quittent iamais, fans s'eftre entretachez.
C'eft alors qu'entaffant remede fur remede,
Vn Medecin triomphe, & que le mal luy cede ;
Car pour grand qu'il puifle eftre, il en a le deffus,
Puifqu'*ablata caufa, tollitur effectus.*
Mais dans l'homme, Seigneur, il en va d'autre forte,
Les maux entrét chez luy, par bien plus d'vne porte,
Et ces portes eftant differentes en tout,
Si l'on n'y prend bien garde, on n'en vient point à
    bout.
Ie m'explique, & pour mieux faire entendre ces
    chofes.
Ie foûtiens qu'vn feul mal a fouuét plufieurs caufes;
Par exemple, vn poulmon refpire vn mauuais air;
Vn air falpeftrüeux, propre à former l'efclair,
Sans doute vn tel poulmon par telle nourriture,
Seroit en peu de temps reduit en pourriture,
Si d'abord qu'on commence à s'en apparceuoir,
Vn fçauant Medecin qui fait bien fon deuoir,
Ne luy changeoit cét air, le changeant de demeure,
Puifque c'eft le fecret pour guerir de bonne heure,
Perfonne ne fçauroit contefter là deffus,
Puis qu'*ablata caufa, tollitur effectus.*
Mais fi l'on ioint à l'air qui ce poulmon entiche.

Vne seconde cause , en vain on le déniche.
Et l'on luy fait changer & d'air & de maison,
Si cette cause dure il est sans guerison:
Par exemple, à Paris , l'air salé de nos boües,
Me piquant les poulmons, desia rougit mes iöües;
Mais au lieu de choier mes poulmons entichez,
Ils deuiennent , enfin , fletris & dessechez.
Par l'effort que sans cesse ils font sur vn Teatre,
Lors i'ay beau changer d'air , pour y mettre vne
   emplastre.
Mes poulmons entichez ne gueriront iamais,
Si ie ne quite aussi le mestier que ie fais.
Mais si ie quitte ensemble , & Ville & Comedie,
Ie voy bien-tost la fin de cette maladie.
Personne ne sçauroit contester là dessus,
Puis qu'*ablata causa tollitur effectus.*
A ces causes , Seigneur , i'en peux ioindre encore
   vne
Qui dans ce siecle cy n'est que par trop commune;
Mais quand cette troisiéme est iointe aux autres
   deux,
On peut dire qu'vn mal est des plus perilleux :
Par exemple, attaqué de cette maladie,
On augmente son mal , faisant la Comedie,
Parce que les poulmons trop souuent échauffez,
Ainsi que ie l'ay dit , s'en trouuent dessechez?
Et l'on en peut guerir, pourueu que l'on s'abstienne
D'abord de Comedie , & de Comedienne.
Mais alors que ce mal dans vn Comedien,
Augmente iour & nuit , parce qu'il ne vaut rien,
Qu'il choque Dieux & gens dedans ses Comedies,
Le Ciel seul peut alors guerir ses maladies :
Et tous les Medecins de nostre Faculté
Ne luy sçauroient donner vn seul brin de santé.
Ce que ie te dis là , d'vn bouffon de Teatre,
Seigneur, n'est proprement qu'vne image de plâtre,
Que

Que i'expofe à tes yeux , afin de t'expliquer ,
Les principes des maux que tu peux t'apliquer.

ELOMIRE.

Quand il me connoiftroit, fidelle Lazarile,
Pouroit-il mieux parler ?

LAZARILE, *bas à Elomire.*

Sans doute il eft habile,
De pareils Medecins ne font pas du commun ;

EPISTENEZ.

Par ce difcours, Seigneur , te ferois-ie importun?

ELOMIRE.

Au conttaire , pouffez s'il vous plaift,

EPISTENEZ.

De la Theze,
Puis que tu le permets , ie viens à l'hipotheze;
Et ie dis, ces Meffieurs le diront du bonnet,
Qu'on ne te peut guerir , fi tu ne parles net;
Ouy fi tu ne nous dis l'hiftoire de ta vie,
C'eft en vain que tu veux contenter ton enuie,
Au contraire on pourra par vn beau *quiproquo*
T'enuoyer *ad patres* , Seigneur , *incognito.*

ELOMIRE, *encolere.*

Ie feray bien fans vous , vn fi fafcheux voyage,
N'en fçauez-vous pas plus?

C

ALCANDRE & GERASTE, *ensemble.*

Non,

ELOMIRE, *brufquement.*

Pliez donc bagage:
Vifte ; car de moy iamais vous ne fçaurez
Que ce que par voftre Art vous en deuinerez.
Allez à la bonne heure , allez : mon Secretaire
Vous va faire à chacun donner voftre falaire. *

※ Les Medecins & Lazarile fortent , & Elomire
continuë eftant feul.

Fut-il iamais malheur à mon malheur égal?
Quoy! ie cherche,& ie trouue vn remede à mõ mal:
On me l'offre , & ie n'ay pour fortir de mifere,
Qu'à raconter ma vie , & ie ne le puis faire? *

※ Lazarile rentre , & Elomire continuë.

Ah! mon cher Lazarile , aproche, aproche toy:
Vien partager mes maux , & les plaindre auec moy;
Puifque, pour mon malheur , ie fuis fans efperance,
D'y trouuer de ma vie , aucune autre allegeance.

LAZARILE.

Qui caufe donc en vous vn fi grand defefpoir ?

ELOMIRE.

Tu l'ignores , apres ce que tu viens de voir ?

LAZARILE.

I'ay fort peu de memoire, où i'ay veu peu de chofe
Qui d'vn tel defefpoir puiffe eftre ainfi la caufe,

ELOMIRE.

Quoy! tu n'as pas appris de ces trois Medecins,
Les plus doctes qui foient parmy ces affaffins,
Qu'ils ne fçauroient guerir la moindre maladie,
Si le fouffre-douleurs ne leur conte fa vie ?

LAZARILE.

Mais fi ie vous fais voir vn autre Medecin,
Qui fans que vous parliez , fans voir voftre baffin;
Sans vous tafter le poulx, tout voftre mal déuine,
En voyant feulement vn peu de voftre vrine:
Et fi ce Medecin vous guerit à l'inftant,
Des remedes qu'il donne, en ferez-vous content?

ELOMIRE.

Quoy ! par l'vrine feule il déuine les caufes,
Et les effets des maux ?

LAZARILE.

Il fait bien d'autres chofes.

ELOMIRE.

Et comment donc s'appelle vn homme fi fameux?

LAZARILE.

On le nommoit iadis le Medecin de Beux;
Mais depuis quelque temps fa haute renommée
L'a fait changer de nom , le changeant de contrée,
Et l'on nomme à prefent ce Medecin fçauant,
Du bourg de Sennelay , l'Efculape viuant.

B ij

ELOMIRE.

Quoy ! de ce Sennelay, pour qui sur noſtre Seine,
Quatre bateaux couuerts voguent chaque ſemaine?

LAZARILE.

Ce Sennelay-là meſme , & ces batteaux couuerts
Sont tout pleins chaque iour de remedes diuers
Que ce grand Medecin enuoye à ſes malades,
Lors que de leur vrine il a veu des razades.

ELOMIRE.

Allons donc , Lazarile , allons à Sennelay.

LAZARILE.

Il eſt icy.

ELOMIRE.

Luy-meſme ?

LAZARILE.
Oüy.

ELOMIRE.

Mais , dis-tu vray ?

LAZARILE.

Il eſt ſi vray, Monſieur, qu'auãt qu'il ſoit vne heure
Vous aurez le plaiſir de le voir , ou ie meure:
Quittons donc le turban , & ſous d'autres habits,
Allons voir promptement ce Rominagrobis.

Fin du deuxiéme Acte.

ACTE III.
SCENE PREMIERE.

La Scene de cet Acte est dans vne chambre, où Oronte feint Medecin de Sennelay est assis deuant vne table sur laquelle il y a six fioles plaines, chacune auec vn écriteau, arrengées de suitte : Et Climante, Clearque, Clarice, Lucinde, Alphée & Lucille feints malades, sont assis sur des sieges vn peu éloignez de la table.

ORONTE, CLIMANTE, CLEARQVE, CLARICE, LVCINDE, ALPHE'E, LVCILLE.

ORONTE.

QVoy ! ce maistre moqueur qui n'épargnoit personne,.
Donne dans le panneau de la sorte ?

CLIMANTE.

Il y donne
Mille fois au delà de ce que ie vous dis;
Dom Guichot & Sancho furent moins foux iadis:
Et ie croy que deuant qu'en son bon sens il rentre
Nous pourrons sur ma foy le dauber dos & ventre:
Nos Confreres déja, l'ont berné comme il faut;
Battons le fer comme eux cependát qu'il est chaud.

A iij

ORONTE.

Que chacun donc s'aprefte à bien joüer fon rolle,
Si toft que Lazarile aura liuré le drolle ;
Il n'y manquera pas , puis qu'il nous l'a promis:
Les voicy iuftement , ils n'ont pas beaucoup mis.

SCENE II.

ELOMIRE , LAZARILE , *tous
deux veftus en Efpagnols , & fe mettant à
genoux deuant Oronte, vne fiole à la main.*
ORONTE, CLIMANTE, CLEAR-
QVE , CLARICE , LVCINDE,
ALPHE'E, LVCILLE.

ELOMIRE.

EXtirpateur des maux qui n'ont point de remede,
Souffrez qu'à vos genoux nous implorions vô-
tre aide,
Et ne permettez pas que tombant par lambeaux,
Nous defcendions tout vifs dans de triftes tôbeaux:
Nous fommes eftrangers;mais pourtât affez riches,
Pour rêplir vos defirs fuffiez-vous des plus chiches:
Car fi vous nous pouuez exempter du trépas,
Nous vous donnons chacun vn millier de ducats.

ORONTE.

Si vous eftiez François, vous fçauriez mon hiftoire;
Et par là vous fçauriez que mon but eft la gloire:
Rengainez donc,Meffieurs , vos milliers de ducats,
Ie n'en feray pas moins pour ne les prendre pas.

ELOMIRE, *mettant la main*
à la poche, & faisant semblant d'en vouloir ti-
rer vn sac d'argent.

Hé ! de grace.

ORONTE, *prenant la fiole*
d'Elomire.
Non, non ; donnés-moy vostre vrine ;
La fiole est de jauge. *En regardant la fiole.*

LAZARILE, *donnant aussi sa fiole.*

Elle tient bien chopine,
Et la mienne ne tient sur ma foy guere moins :
Ie ne merite pas qu'elle occupe vos soins ;
Mais puisque vous voulés . . .

ORONTE, *mettant les fioles sur*
la table.
Il faut qu'elle repose ;
Apres de vos douleurs nous vous dirons la cause :
Cependât de ceux-cy voyons quels sont les maux. ✶
Oronte prend vne des fioles en main, & continuë.
L'homme par la raison est Roy des animaux ;
Mais dés qu'il luy resiste, ou qu'elle l'abandonne,
C'est vn Roy dépoüillé, sans Sceptre & sans Cou-
ronne ;
Car en lâchant la bride à ces desirs brutaux,
Il déuient le sujet de ses propres vassaux.
De cette verité i'ay veu beaucoup d'exemples ;
Mais ie n'en vis iamais à mon sens de plus amples
Que ceux que ie remarque en ces vrines-cy,
Vous en aurés l'esprit tout à l'heure éclaircy.
Climante? ✶ *Il dit ce nom lisant l'escriteau de la fiole.*
Qui de vous porte ce nom ?

CLIMANTE.

Moy-mefme.

ORONTE.

Efcoutés le recit de voftre mal extréme;
Aprenés-en la caufe, & beniffez les Dieux
Qui m'ont de Sennelay fait venir en ces lieux.
Monfieur, vous vous croyez etique & pulmonique;
Mais vous vous abufez, vous eftes frenetique;
Autrement hypocondre, & la caufe, en vn mot,
Vient de ce que i'ay dit.

CLIMANTE, *brufquement.*

Quoy, ie ferois vn fot?

ORONTE.

Si vous auiés toufiours eu la raifon pour guide,
Ou fi vous n'auiés pas fi fort lafché la bride
Aux defirs enragés de mordre Dieux & gens,
Vous ne vous verriés pas au plus beau de vos ans,
Auec enfans & femme, & comblé de richeffes,
Deuoré nuit & iour par des mornes trifteffes:
Car ces noires vapeurs qui vous troublent fi fort,
N'ont contre innocent qu'vn impuiffant effort.
Ie fçay bien, & cela fans doute eft quelque chofe,
Qu'acablé de l'effet, vous maudiffez la caufe,
Et que vous voudriez, repentant du paffé,
Auoir efté fans vie, ou n'auoir point gauffé:
Mais comme le paffé iamais ne fe reuoque,
D'vn fi vain repentir tout le monde fe moque,
Et de tous les mortels que vous auez ioüé,
Aucun n'eft fans plaifir de vous voir baffoüé.

L'vn qui vous voit paſſer prés de luy dans la ruë,
Vous môtre au doigt à l'autre,&cet autre vous huë:
Puis touſſant tour à tour, & ſur differens tons,
Vous font touſſer vous-meſme,& de tous vos poul-
    mons:
Si vous les maudiſſez, ils vous traitent de meſme,
Dont le dépit vous cauſe vne douleur extréme,
Et par cette douleur, ſans vn tres-prompt ſecours,
Vous allez voir dans peu le dernier de vos iours.
Voila, Monſieur, l'eſtat de voſtre maladie;
Il ne tiendra qu'à vous que ie n'y remedie:
Car ie ne mets qu'au rãg de mes moindres trauaux,
D'auoir cent & cent fois guery de pareils maux.

      E L O M I R E, *à part.*

Ie croy que c'eſt de moy qu'il parle.

      C L I M A N T E,   *s'eſtant ietté aux*
                          pieds d'Oronte.
                      Grand Genie,
Qui par ma ſeule vrine auez connu ma vie;
Qui par elle voyez iuſqu'au fonds de mon cœur;
Et qui par elle, enfin, connoiſſez ma douleur,
Vous voyez à vos pieds vn impie, vn infame,
Qui ne merite rien que le fer & la flâme:
Mais, de grace, grand Homme, imitez le Soleil;
Auſſi-bien, comme luy, vous eſtes ſans pareil:
Et comme également il répand ſa lumiere
Sur la pourpre & la bure, & l'or & la pouſſiere,
Agiſſant comme luy, répandez vos bontez
Sur moy, ſans prendre garde à mes impietez.

      O R O N T E.

Vous eſtes repentant, & fuſt-ce à la potence,
              C v

Qniconque deuient tel recouure l'innocence:
Auſſi, ſoyez certain, que quand vous ſeriez Roy
Vous ne pourriez iamais plus attendre de moy.
Remettez-vous ; tandis voyons cette autre vrine:
Clearque. *

*Il lit ce nom ſur la fiole qu'il prend, apres auoir
remis l'autre.*

CLEARQVE.

C'eſt de moy, Monſieur.

ORONTE.

A voſtre mine,
Quand vous n'auriez rien dit, ie l'aurois deuiné;
Car ie n'en vis iamais d'vn plus determiné.
La cauſe de vos maux eſt certes differente,
En certaine façon de celle de Climante:
Mais l'eſpece en eſtant pareille, leurs effets
Se reſſemblent ſi fort, que ce ſont deux portraits
D'vn meſme original, faits d'vne main ſçauante:
Climante eſt donc Clearque,& Clearque Climante:
Ie veux dire, en vn mot, & voicy mes témoins, *

Il montre la fiole de Clearque & celle de Climante.
Que ſi Climante eſt fou, vous ne l'eſtes pas moins:
Ainſi n'ayãt qu'vn mal, vous n'aurez qu'vn remede,
Mais ſoyez aſſuré du ſuccés.

CLEARQVE, *faiſant vne profonde
reuerence.*

Dieu vous ayde.

ORONTE, *prenant vne autre fiole,
& liſant ſon écriteau.*

Clarice ?

CLARICE.

C'eſt mon nom.

ORONTE.

Si vos yeux trop frippons
N'auoient pas attiré cet amas de garçons,
Qui vous ont fait paſſer pour Reine des coquetes,
Vous ne vous verriez pas en l'eſtat où vous eſtes:
Mais quand on a blanchy ſous ce honteux harnois,
On a tout le loiſir de s'en mordre les doigts:
On en ſoûpire, on pleure, on en deuient malade,
Ou ſi l'on ne l'eſt pas, on ſe le perſuade;
Mais dés-lors que l'on croit eſtre ce qu'on n'eſt pas,
On eſt folle, Clarice, & folle à maints carats,
Vous guerirez pourtant, & redeuiendrez ſage;
Mais comme ces Meſſieurs vous reſterez en cage. *

*Il prend vne autre fiole, & en liſant l'écriteau il
dit tout haut,*

Lucinde?

LVCINDE.

C'eſt de moy.

ORONTE.

La mort d'vn ieune amant
Vous a fait perdre enſemble & ioye & iugement,
Et c'eſt ce qui vous fait errer parmy le monde,
Sous l'habit & le nom de triſte vagabonde:
Mais allez, ie réponds de voſtre guerison,
Et vous recouurerez la ioye, & la raiſon.
Ne le voulez-vous pas?

LVCINDE.

Ouy de grand cœur.

C vj

ORONTE, *prenant vne autre fiole.*

Alphée ?
Ah ! ma foy, nous tenons vne folle fieffée :
C'eſt vne precieuſe.

ALPHE'E.

O Dieux ! qui vous l'a dit?

ORONTE.

Voſtre vrine, ma fille, & cela me ſuffit;
Car, grace au Ciel, ie ſuis vn peu naturaliſte.

ALPHE'E.

Mais, que ne dites vous plutoſt vrinaliſte;
Ce telme conuient mieux à la ſoſe.

ORONTE.

Il eſt vray ;
Et le monde mapelle ainſi dans Sennelay:
Mais, de grace, depuis que l'illuſtre Elomire
A dépeint voſtre engeance, & nous en a fait rire?
Depuis que ſon teatre a retenty des mots,
Dont vous charmiez jadis les ſottes & les ſots;
Ce peut-il que paſſant pour folles enragées,
Vous ne vous ſoyez pas encore corrigées,
Et qu'il s'en trouue encor, aujourd'huy parmy nous
Vne qui deuroit eſtre en l'hoſpital des foux.

ALPHE'E.

Quoy, Monſieul, ce bouffon pal, de ſottes glimaces,

Dont il fait mal au cœul plus que fales limaces,
Palce qu'en les faifant il écume en velat :
Nous liulela chez vous poul folles au Calat ?
Ie m'eftonnelois peu qu'vn caque d'ignolance
Euft poul ce glimaciel paleille defelence,
Mais que de Sennelay le Medecin fameux
Donne dans le panneau, comme vn petit molueux,
Qu'il eftime vn Autheul, qu'il le louë & l'admile,
Palce qu'en lecitant fes vels, il l'a fait lile
Pal des contolfions dignes d'vn poffedé :
Celtes, ie fuis à bout, pal vn tel plocedé :
Encol s'il nous cachoit fous ces geftes clotefques,
Quelques beaux tlaits d'efplit en paloles bullef-
    ques,
Aples qu'on auloit ly de fes contolfions,
Ses liules nous plailoient, lols que nous les lilions:
Mais de glace, Monfieul, quelle eft la Comedie,
Encol qu'il n'en ait fait aucune où l'on ne die
Qu'il faut cleuel de lile, où l'on puiffe tlouuel
Le moindle tlait d'efplit que l'on doiue admilel:
Pal exemple, *ce le* de l'efcole des femmes,
Ce le, qui fit tant lile, & qui chalma tant d'ames;
Ce le, qui mit cet homme au lang des beaux efplits,
L'auez-vous iamais pû lile dans les éclits,
Sans dégouft, fans chaglin, fans vne holeul extléme,
Non plus que fon chat molt, & fa talte à la cléme.
Cependant, dites vous pal de bonnes laifons,
Cet Auteul nous condamne aux petites Maifons,
Et palce qu'il a dit que nous en eftions dignes,
Vous nous mettez au lang des folles plus infignes.

ELOMIRE, *bas à Lazarile.*

Ah ! la mefchante befte.

LAZARILE, *bas à Elomire.*
Elle a pourtant bien dit.

ELOMIRE, *bas.*

Tres-mal ; mais eſcoutons.

ORONTE.

Si ie ſuis interdit,
Iuſqu'à ne pouuoir pas former vne parole,
Ne vous eſtonnez pas belle & ſçauante folle;
I'en demeure d'accord, vous m'auez confondu :
En effet, qui croiroit qu'vn eſprit tout perdu
D'Hiſtoires, de Romans, enfin qu'vne hypocondre,
par ſes raiſonnemens auroit pû me confondre?
Pourtant vous l'auez fait, ouy i'auouë auec vous
Qu'Elomire ne doit ſa gloire qu'à des foux,
Et qu'vn eſprit bien fait, quel qu'il ſoit, dégenere,
D'abord que ſes écrits commencent à luy plaire.
Ie demeure d'accord que pour ſe réjoüir
On le peut aller voir, & qu'on le peut oüir :
Mais il faut que celuy qui va voir Elomire,
Le voye en fagotin ; c'eſt à dire, pour rire :
Vos beaux raiſonnemens n'empéchent pourtant
    pas,
Qu'aux petites Maiſons vous n'alliez à grands pas,
Elomire a ſon foible, & vous auez le voſtre :
Mais ie vous gueriray. Voyons vn peu cette autre.

ELOMIRE, *bas, tandis qu'O-*
ronte prend vne autre fiole.

Lazarile, quel homme ?

LAZARILE, *bas.*

Eſcoutez iuſqu'au bout.

ORONTE, *lifant l'écriteau de la fiole*
qu'il tient.

Lucille, voulez-vous que ie vous dife tout?

LVCILLE.

Non, Monfieur, vous voyez affez par mon vrine
Que ie ne fuis pas moins folle que ma voifine:
Traitez-moy, s'il vous plaift, de mefme.

ORONTE.

Ie le veux.

ELOMIRE, *bas à Lazarile, tandis*
qu'Oronte prend fa fiole.

Lazarile, ie fuis au comble de mes vœux :
C'eft mon tour à glisser.

ORONTE, *lifant le nom écrit fur*
la fiole d'Elomire.

Dom Guzman d'Alicante.
Vous mentez, cette vrine eft encor de Climante.

ELOMIRE.

Foy d'Efpagnol malade, elle eft mienne.

ORONTE.

Tant pis.

ELOMIRE.

Pourquoy, tant pis ?

ORONTE.

Pourquoy ? parce que ie le dis :
Encor vn coup , tant pis , vous dis-je.

ELOMIRE.

Mais de grace ,
A ce fafcheux tant pis , que faut-il que ie fafle ?

ORONTE.

Ignorez-vous , Monfieur , ce que Climante a fait ,
Quand à mes pieds il a confeffé fon forfait,
Et témoigné tout haut fon repentir extréme ?

ELOMIRE, *fe leuant, & fe iettant aux pieds d'Oronte.*

Ah! de grace, Monfieur, traitez-moy donc de même,
Et puifque comme luy i'en fuis au repentir,
Vueillez-moy comme à luy vos bontez départir ?

ORONTE

Ce iufte repentir qu'exprime voftre bouche,
A vous dire le vray , fi viuement me touche,
Que ie jure ma foy , qu'auant qu'il foit deux iours,
Vous verrez comme luy l'effet de mon fecours.
Mais parlons de cet autre ? *
** Il prend la fiole de Lazarile , & lit.*
Alphonfe de la Rote:
Homme ne merita iamais mieux la Marote;
Parce qu'il croit que l'vn de fes amis eft fou,
Et qu'il veut l'empécher de courre en loup-garou,

Sa guerifon luy tient tellement dans la tefte,
Qu'il en eft hypocondre , & plus que demy befte.
Il merite pourtant que i'aye foin de luy ;
Car vn amy fi tendre eft fort rare aujourd'huy.

ELOMIRE, *bas à Lazarile.*

Quel homme , cher amy ; quoy ! par la feule vrine
Il n'eft rien qu'il ne fçache , & rien qu'il ne déuine.

LAZARILE, *bas.*

Ie vous l'auois bien dit.

ORONTE.
Ie connois donc vos maux ,
Ou pour mieux m'expliquer vos fátafques cerueaux;
Car ie n'en voy pas vn dedans cette affemblée,
Qui ne fe portaft bien fans fa tefte feflée.
Nous n'auons donc icy qu'à guerir ces cerueaux;
Puifqu'en eux feulement refident tous vos maux:
Et comme le plus grand eft la melancolie,
Dans laquelle voftre ame eft prefque enfeuelie,
Ie la veux réueiller en vous diuertiffant,
Et diffiper par là cet air affoupiffant:
I'ay fait venir icy d'vn certain vin de Beaune,
Pour qui i'acheterois vn gofier long d'vne aulne:
Car tandis qu'on l'aualle , on fent vn tel plaifir,
Qu'õ voudroit qu'il durât iufqu'au dernier foûpir;
D'vne agreable odeur , qui n'a point de pareille,
Il vous charme d'abord qu'il fort de la bouteille;
Et le vif incarnat , dont il frape les yeux,
N'a pas vn moindre éclat que le rouge des Cieux:
Son efprit qui petille en tombant dans le verre,
Forme mille rubis , dont le petit tonnerre,
S'accordant au glou-glou de ce jus precieux.

Charme l'oreille apres qu'il a rauy les yeux.
Ce vin que ie vous dis eſt le premier remede
Que ie veux appliquer au mal qui vous poſſede;
Car vos maux tout d'abord s'en trouuant adoucis,
Vous verrez diſſiper tous ces faſcheux foucis
Qui fomentent en vous, l'humeur melancolique,
Nous ioindrons à ce vin, tant foit peu de muſique,
Vn peu de ſymphonie, & par ces doux accords
Ie changeray d'abord vos eſprits & vos corps.
Mon deuxiéme remede eſt vne Comedie,
Propre comme ce vin à voſtre maladie:
Ie vous la feray voir d'où ie vay vous traiter;
On dit qu'elle eſt diuine, & ie n'en puis douter;
Car l'Autheur eſt illuſtre, & l'hiſtoire ſi belle,
Que les ſiecles paſſez n'en ont point veu de telle.
Et ce qui doit encor augmenter ce regal,
C'eſt qu'il ſera ſuiuy d'vn magnifique bal,
Où nous irons maſquez. C'eſt ee que ie prepare
Pour premier appareil.

ELOMIRE, *bas.*

Que ce remede & rare,
Lazarile; & fur tout, qu'il eſt doux & charmant.

ORONTE.

Paſſons donc, pour cela, dans cet apartemeht.

Fin du troiſiéme Acte.

ACTE IV.
SCENE PREMIERE.

A cette Scene le Teatre paroiſt comme il eſt lors qu'on eſt preſt de commencer la Comedie, la toile n'eſtant pas encore tirée : & d'vn coſté il y a vne façon de loge dans laquelle ſont les Acteurs de cette Scene , pour voir la Comedie.

ELOMIRE , LAZARILE , ORONTE, CLIMANTE , CLEARQVE, CLARICE , LVCINDE, ALPHE'E , LVCILLE.

ORONTE.

Dés qu'on aura tiré cette tapiſſerie ,
Sans peine vous verez d'icy la Comedie.
Cependant , nul de vous ne ſe porte-t'il mieux ?

ELOMIRE,

Voſtre Regal , Monſieur , m'a rendu ſi joyeux ,
Et ie me ſens dé-ja ſi propre à ce remede ,
Que ie ne doute point que mon mal ne luy cede.

CLIMANTE.

Nos viſages , Monſieur , vous en diſent autant ;

Car ie n'en voy pas vn qui ne soit tres-content *

*Dans ce temps-là, on tire la toile, & l'on voit
vne Salle, dans laquelle il y a vn Theatre, &
vne Compagnie pour voir joüer la Comedie, &
les Violons commencent à joüer. Ce qui inte-
romp cette premiere Scene.*

ORONTE.

Bon l'on ouure ; voyez la belle Compagnie.

ELOMIRE.   *à Oronte vn*
                    peu bas.

Quel titre donne-t'on à cette Comedie ?

ORONTE.

Le Diuorce Comique.

ELOMIRE.

Il est bon & nouueau.

ORONTE.

Silence ; & vous verrez quelque chose de beau.

*Les Violons cessent, & on commence
la Comedie qui suit.*

DIVORCE COMIQVE.

COMEDIE EN COMEDIE.

La Scene est dans la Salle de Comedie du Palais Royal.

ACTE PREMIER ET DERNIER.

SCENE PREMIERE.

FLORIMONT, ROSIDOR.

FLORIMONT.

OVy, ie l'ay resolu, ie vais quitter la trouppe;
Tu me diras en vain qu'elle a le vét en pouppe
Qu'elle seule a la vogue, & que dedans Paris,
Pour toute autre aujourd'huy l'on n'a que du
    mépris.
Cét honneur qu'on luy fait, mais dont elle est indi-
    gne,
Passe dans mon esprit, pour vn affront insigne;
Aussi, loin de souffrir vn encens si peu dû,
Comme on me l'a donné, ie l'ay toûjours rendu.
Ne t'en flatte donc point, mais si tu m'en veux
    croire,
Ferme l'œil à l'éclat d'vne si fausse gloire;
Et pour trouuer la vraye, Allons, allons ailleurs
Chercher des Compagnons & des destins meilleurs.

ROSIDOR.

A te dire le vray, ie m'eſtonne moy-meſme
Du merueilleux éclat de ce bon-heur extréme :
Car enfin, comme toy, ie connois nos deffauts.
Mais qu'importe ? le nombre authoriſe les ſots,
Et quiconque leur plaiſt, ne doit point eſtre en
    peine
Des deffauts des Acteurs, ny de ceux de la Scene.
La foulle ſuit toûjours leur aplaudiſſement ;
Et quiconque à la foulle, a la gloire aiſément.
Ie ſçay bien que tu dis que cette gloire eſt fauſſe ;
Qu'il l'a faut mépriſer ; mais pour moy ie m'en
    gauſſe ;
Ma veritable gloire, eſt où j'ay du profit :
I'en ay dans cette Troupe, & cela me ſuffit.

FLORIMONT.

Et cela te ſuffit : ah ! peux-tu bien ſans honte,
Dire que de l'honneur tu fais ſi peu de compte?

ROSIDOR.

En faire moins de cas, que du moindre intereſt,
N'eſt qu'agir à la mode :

FLORIMONT.

          Et la mode t'en plaiſt?

ROSIDOR.

Puiſqu'elle eſt aujourd'huy la regle de la vie,
Ie ne rougiray point, quand ie l'auray ſuiuie.

FLORIMONT.

La regle de la vie ? & qu'eſt donc la raiſon ?

ROSIDOR.

La raiſon ny l'honneur ne ſont plus de ſaiſon ;
Et bannis pour iamais de la terre où nous ſommes,
L'intereſt en leur place y gouuerne les hommes.
C'eſt luy ſeul qui les regle, & luy ſeul qui fait tout,
Et qui meut l'Vniuers de l'vn à l'autre bout :
Mais quand de cét honneur on feroit quelque
   compte ;
Faut-il pour en manquer, que ie meure de honte.
Et la profeſſion dont nous ſommes tous deux
Ne permet-t-elle pas d'eſtre moins ſcrupuleux.

FLORIMONT.

Ie l'auoüe entre nous, autre fois le Theatre
Voyoit traiter d'égaux l'Acteur & l'Idolatre ;
Et l'vn & l'autre alors l'oprobre des mortels,
Eſtoit hay du peuple, & banny des Autels.
Mais depuis qu'vn Heros, dont noſtre Hiſtoire
   eſt plaine,
A purgé le Theatre & corrigé la Scene : *
   * *C'eſt Monſieur le Cardinal de Richelieu*,
Depuis qu'il a chaſſé les infames Farceurs,
Nos plus grands ennemis ſont nos adorateurs :
Tout le monde à l'envy nous careſſe & nous loüe,
Et nous ſommes tout d'or, nous qui n'eſtions que
   boüe.
Mais helas ! ie crains fort que d'vn reuers fatal,
Nous ne tombions bien-toſt, dans noſtre premier
   mal.

Et que par le progrez des Pieces d'Elomire,
Nous n'éprouuions encor, quelque chose de pire.

ROSIDOR.

Il est vray qu'Elomire a de certains apas,
Dans les Farces qu'il fait, que les autres n'ont pas.

FLORIMONT.

Et c'est de ces apas de qui nous deuons craindre
Ce mal dont par auance, on me voit dé-ja plaindre;
Car pour peu que le peuple en soit encor seduit,
Aux Farces pour jamais le Theatre est reduit.
Ces Merueilles du temps, ces Pieces sans pareilles;
Ces charmes de l'esprit, des yeux & des oreilles;
Ces Vers pópeux & forts; ces grands raisonnemens;
Qu'on n'escoute iamais sans des rauissemens :
Ces Chef-d'œuures de l'Art, ces grandes Tragedies,
Par ce Bouffon Celebre en vont estre bannies,
Et nous bien-tost reduits à viure en Tabarins,
Allons redeuenir l'oprobre des humains.
La peur de retomber dans ce mal-heur infame,
Ne sçauroit sans horreur se montrer à mon ame;
Et tout autant de fois qu'elle attaque mon cœur,
Malgré toute sa force, elle s'en rend vainqueur.

ROSIDOR.

Quoy qu'en quelque façon, ta peur soit legitime,
Faire rire pourtant, n'est pas vn si grand crime;
Et i'en connois beaucoup parmy nos Courtisans,
Qui seroient peu prisez, s'ils n'estoient fort plai-
  sans :
Aussi, loin qu'en cela, ie condamne Elomire,
Auec beaucoup de gens ie l'estime & l'admire;
Mais

Mais l'infolent orgueüil de cét efprit altier,
Ses mépris pour tous ceux qui font de fon meftier;
Et l'air dont il nous traite à prefent qu'il compofe,
Fait que chacun de nous le cenfure & le gloze,
Et ce maiftre maroufle en eft en tel couroux,
Qu'à peine peut-il plus fouffrir aucun de nous.

FLORIMONT.

Comme ie hay fa Farce & fon Tabarinage,
Il ne me parle plus qu'il ne me faffe outrage,
Mais pourueu qu'il reglaft fon ftyle de Farceur;
Qu'il n'y mélaft plus rien qui fuft contre l'hôneur;
Ie luy pardonnerois volontiers fes caprices :
Mais ie ne veux plus eftre accufé pour fes vices;
Le fcandale qu'ils font eft deformais trop grand,
Et quiconque le fuit, en doit eftre garand.
Enfin, c'eft aujourd'huy qu'il faut qu'il fe declare.
Il changera ce ftyle, ou chacun fe fepare :
La plufpart de la troupe eft de mon fentiment,
Et nous nous affemblons pour cela feulement.
Mais ie le voy paroiftre auec nos Camarades;
Préparons-nous d'oüir de plaifantes brauades.

SCENE II.

ELOMIRE, ANGELIQVE, PLV-SIEVRS AVTRES COMEDIENS ET COMEDIENNES, VN VALET. FLORIMONT, ROSIDOR.

ELOMIRE, *fe faifant apporter vn fiege, & s'affeyant.*

VN fiege, & qu'on m'efcoute; on fçait que ie
fuis prefent.

D

ANGELIQVE.

Ne faut-il point auſſi , vous regarder au front,
Et de meſme qu'Agnés , faire la reuerence?

ELOMIRE.

Tréue de raillerie , & qu'on faſſe ſilence?

FLORIMONT.

Autrement ?

ELOMIRE.

Autrement , quelqu'vn en pâtira.

ROSIDOR, *bas à Florimont.*

Le plaiſant Fagotin ?

FLORIMONT, *bas à Roſidor.*

Voyons ce qu'il dira :
De l'humeur qu'il paroiſt, i'en attés des merueilles.

ROSIDOR, *à Elomire.*

Que ne parlez-vous donc,nous ouurôs les oreilles?

ELOMIRE, *faiſant apporter des
ſieges.*

Seiez-vous ?

FLORIMONT, *bas.*

Qu'il eſt fat !

ELOMIRE.

     Le diuin Salomon,
Dont l'esprit fut plus grand que celuy du demon:
Ce sçauant qui sceut tout, iusqu'aux vertus des
 herbes,
Ne fut iamais plus vray qu'en l'vn de ses Prouerbes,
Qui dit qu'il vaudroit mieux qu'vne Cité perist,
Que de voir sur la terre vn gueux qui s'enrichist.
O diuine parole! admirable sentence,
Dont moy-mesme auiourd'huy ie fais l'experience;
Puis qu'aprés que mes soins ont reuestu des gueux,
Ie me vois mépriser & gourmander par eux.
C'est vous, ô Champignons, éleuez sur ma couche,
Vous pour qui i'ay tiré iusqu'au pain de ma bouche,
Vous pour qui i'ay veillé tant de iours & de nuits,
C'est vous, ingrats, c'est vous, qui me comblez
 d'ennuis,
Et qui me faites voir d'vne insulte superbe,
L'infaillibilité de ce diuin Prouerbe.
Rougissez, rougissez ingrats, de tant de biens,
Dont ie vous ay comblés, mesme aux despens des
 miens :
Mais pour tant de biéfaits vous estes sans memoire,
Il faut pour vous confondre en dire icy l'histoire.

FLORIMONT,

Escoutons.

ELOMIRE.

   En quarante, ou quelque peu deuant,
Ie sortis du College, & i'en sortis sçauant;
Puis venu d'Orleans, où ie pris mes licences,
Ie me fis Aduocat, au retour des vacances.
     D ij

Ie fuiuis le Barreau, pendant cinq ou fix mois,
Où i'apris à plein-fonds l'Ordonnance & les Loix:
Mais quelque temps apres, me voyât fans pratique,
Ie quittay là Cujas, & ie luy fis la nique:
Me voyant fans employ, ie fonge où ie pouuois
Bien feruir mon pays, des talens que i'auois:
Mais ne voyant point où, que dans la Comedie,
Pour qui ie me fentois vn merueilleux genie,
Ie formay le deffein de faire en ce meftier
Ce qu'on n'auoit point veu, depuis vn fiecle entier?
C'eft à dire, en vn mot, ces fameufes merueilles,
Dont ie charme aujourd'huy les yeux & les oreilles.

ROSIDOR, *bas à Florimont.*

Ne t'eftonnes-tu point, qu'il n'ait dit les efprits?

FLORIMONT, *bas à Rofidor.*

Il fe feroit trompé plus de moitié du prix.

ELOMIRE, *à Floriment & à*
Rofidor.

Que marmotés-vous là ?

FLORIMONT.

Rien du tout.

ELOMIRE.

Qu'on m'efcoute?
Ayant donc refolu de fuiure cette route,
Ie cherchay des Acteurs qui fuffent comme moy,
Capables d'exceller dans vn fi grand employ;
Mais me voyant fifflé par les gens de merite,
Et ne pouuant former vne Troupe d'élite,

Ie me vis obligé de prendre vn tas de gueux,
Dõt le mieux fait eſtoit begue, borgne ou boiteux.
Pour des femmes, i'euſſe eu les plus belles du mõde,
Mais le meſme refus de la brune & la blonde,
Me jetta ſur la rouſſe, ou malgré le gouſſet,
Grace aux poudres d'alun, ie me vis ſatisfait.

ROSIDOR, *bas à Angelique.*

Angelique, il t'en veut ?

ANGELQVE, *bas à Roſidor.*

I'en ignore la cauſe.

ELOMIRE, *en colere.*

Quoy ! malgré ma défence, inceſſamment on cauſe ?

ANGELIQVE, *à Elomire.*

Ie me tais ; mais tantoſt ...

ELOMIRE.

Bien ; tantoſt nous verrons ;
Cependant, taiſez-vous, lors que nous parlerons.
Donc, ma troupe ainſi faite, on me vit à la teſte,
Et ſi ie m'en ſouuiens, ce fut vn iour de feſte :
Car iamais le parterre, auec tous ſes échos,
Ne fit plus de ah-ah ! ny plus mal à propos.
Les iours ſuiuans n'eſtant ny feſtes ny Dimanches,
L'argent de nos gouſſets ne bleſſa point nos han-
  ches :
Car alors ; excepté les exempts de payer,
Les parens de la Troupe, & quelque batelier,

Nul animal viuant n'entra dans noftre Salle ;
Dont, comme vous fçaués, chacun trouffa fa malle.
N'accufant que le lieu, d'vn fi fafcheux deftin,
Du Port faint Paul ie paffe au Faux-bourg faint
    Germain :
Mais, côme même effet fuit toufiours même caufe,
I'y vantay vainement nos vers & noftre profe:
L'on nous fiffla d'abord, & malgré mon caquet,
Il fallut derechef trouffer noftre paquet.
Piqué de cet affront, dont s'échauffa ma bile,
Nous prifmes la campagne, ou la petite ville,
Admirant les talens de mon petit troupeau,
Protefta mille fois que rien n'eftoit plus beau :
Sur tout, quand fur la Scene on voyoit mon vifage,
Les fignes d'allegreffe alloient iufqu'à la rage:
Car ces Prouinciaux, par leurs cris redoublés,
Et leurs contorfions, paroiffoient tout troublés.
Dieu fçait, fi me voyant ainfi le vent en pouppe,
Ie deuois eftre gay, mais le foin de la fouppe,
Dont il falloit remplir vos ventres & le mien:
Ce foin, vous le fçauez, helas ! l'empéchoit bien:
Car ne prenant alors que cinq fols par perfonne,
Nous receuions fi peu, qu'encore ie m'eftonne
Que mon petit gouffet, auec mes petits foins,
Ayent pû fi long-temps fuffire à nos befoins.
Enfin, dix ans entiers, coulerent de la forte,
Mais au bout de ce temps la troupe fut fi forte,
Qu'auec raifon ie creus, pouuoir dedans Paris
Me venger hautement, de fes fanglans mépris.
Nous y reuinfmes donc, feurs d'y faire merueille,
Aprés auoir apris l'vn & l'autre Corneille:
Et tel eftoit déja le bruit de mon renom,
Qu'on nous donna d'abord la falle de Bourbon.
Là, par Heraclius, nous ouurons vn Teatre,
Où ie croy tout charmer, & tout rendre idola-
    tre :

Mais , helas ! qui l'euſt creu, par vn contraire effet,
Loin que tout fuſt charmé, tout fut mal ſatisfait;
Et par ce coup d'eſſay , que ie croyois de maiſtre,
Ie me vis en eſtat de n'oſer plus paroiſtre.
Ie prends cœur , toutefois, & d'vn air glorieux,
I'affiche , ie harangue, & fais tout de mon mieux:
Mais inutilement ie tentay la fortune:
Apres Heraclius , on ſiffla Rodogune :
Cinna le fut de meſme , & le Cid tout charmant,
Receut auec Pompée , vn pareil traitement.
Dans ce ſenſible affront , ne ſçachant où m'en
     prendre ,
Ie me vis mille fois ſur le point de me pendre:
Mais d'vn coup d'étourdy que cauſa mon trâſport,
Où ie deuois perir , ie rencontray le port:
Ie veux dire qu'au lieu des pieces de Corneille,
Ie joüay l'étourdy, qui fut vne merueille:
Car à peine on m'eut veu la hallebarde au poing:
A peine on eut oüy mon plaiſant barragoüin,
Veu mon habit , ma toque , & ma barbe & ma
     fraiſe ,
Que tous les ſpectateurs furent tranſportez d'aiſe,
Et qu'on vid ſur leurs fronts s'effacer ces froideurs
qui nous auoient cauſé tant & tant de malheurs.
Du Parterre au Teatre , & du Teatre aux Loges,
La voix de cent échos fait cent fois mes eloges,
Et cette meſme voix demande inceſſamment,
Pendant trois mois entiers , ce diuertiſſement.
Nous le donnons autant , & ſans qu'on s'en rebute,
Et ſans que cette piece aproche de ſa cheute:
Mon dépit amoureux ſuiuit ce frere aiſné,
Et ce charmant cadet fut auſſi fortuné:
Car quand du gros René l'on aperceut la taille;
quand on vid ſa dondon rompre auec luy la paille,
quand on m'eut veu ſonner mes grelots de mulets,
Mon begue dédaigneux déchirer ſes poulets,
D iiij

Et remener chés foy la belle defolée,
Ce ne fut que ah-ah ! dans toute l'affemblée,
Et de tous les coftés chacun cria tout haut,
C'eft là faire & joüer des pieces comme il faut.
Le fuccés glorieux de ces deux grands Ouurages,
qui m'auoient mis au port, apres tant de naufrages,
Me mit le cœur au ventre, & ie fis vn Cocu,
Dont fi i'auois voulu, i'aurois pris vn écu:
Ie veux dire vn écu par perfonne au Parterre,
Tant i'auois trouué l'art de gagner & de plaire.
Que vous dirais-je, enfin, le refte eft tout conftant,
Dix pieces, ouy morbleu, dix pieces, tout autant;
Ont depuis ce temps-là forty de ma ceruelle:
Mais dix pieces, morbleu, de plus belle en plus
      belle :
De forte qu'à prefent, fi ie n'en fuis l'Autheur,
Quelque piece qu'on joüe, on en a mal au cœur;
Et fut elle joüée à l'Hoftel de Bourgogne,
L'Autheur n'en eft qu'vn fat, & l'Acteur qu'vn
      yvrogne.
Que d'honneurs, Côpagnons, apres tant de mépris,
Qui de vous auec moy n'en feroit pas furpris!
Mais qui ne le feroit encore dauantage,
De voir qu'é moins de rié des gueux à triple étage,
Des caimans vagabôds, morts-de-faim, demi-nuds,
Soient deuenus fi gros, fi gras, & fi dodus;
Et foient fi bien veftus des pieds iufques au crane,
Que le moindre de vous porte à prefent la panne:
Vous me deuez ces biens, ingrats, dénaturés:
Mon efprit & mes foins vous les ont procurés,
Et lâches, toutefois, loin de le reconnaiftre,
En valets reuoltés vous traités voftre Maiftre;
Vous le voulés contraindre à fuiure vos aduis,
Et vous ne feriés plus, s'il les auoit fuiuis.
Répondés maintenant, répondés frippes-fauffe;
L'hiftoire que ie conte, eft-elle vraye ou fauffe?

N'entreprenés-vous pas de me donner la loy?
Et de vous, toutefois, qui se peut plaindre?

TOVTE LA TROVPPE *ensemble,*
& fort haut.

Moy?

ELOMIRE, *en bouchant ses oreilles.*

Ah! pour vn Dom Iaphet, ils me prennent sans
   doute;
Mais qu'on parle autremét, si l'on veut que i'écoute:
Bas, & l'vn apres l'autre; ou...

TOVTE LA TROVPPE *ensemble,*
& fort haut.

Qui commencera?

ELOMIRE, *en colere.*

Le diable, si l'on veut; ouy parle qui voudra.

TOVTE LA TROVPPE *ensemble,*
& fort haut.

Donc...

ELOMIRE, *interrompant, &*
se bouchant derechef les oreilles.

Donc, me voila sourd: hé de grace, Angelique,
Parle, aussi-bien i'ay dit quelque mot qui te pique.

ANGELIQVE.

Ouy, ouy, ie suis piquée, & c'est auec raison:
Non pas comme tu crois, pour cette exhalaison
                    D v

Dont ta langue m'accuse auec tant d'insolence;
Car tu ments, & ce mot suffit pour ma défence:
Mais ce qui m'a piquée, & qui me pique au vif,
C'est de voir que le fils... ie ne dis pas d'vn Iuif;
Quoy que Iuif & Fripier soit quasi mesme chose:
C'est, dis-je, qu'vn tel fat nous césure & nous glose,
Nous traite de canaille, & principalement
Mes freres, qui l'ont fait ce qu'il est maintenant:
I'entens Comedien, dont il tire la gloire
Qu'il nous vient d'étaler, racontant son histoire.

ELOMIRE.

Tes freres ? qui, ce begue, & ce borgne boiteux?

ANGELIQVE.

Eux-mesme, ouy marouffle, eux-mesmes, ce sont eux;
Mais les ingrats, dis-tu, n'ont iamais de memoire,
Il faut pour te confondre, en dire icy l'histoire:
En quarante, ou fort peu de temps auparauant,
Il sortit du College, asne comme deuant:
Mais son pere ayant sceu que moyennant finance,
Dans Orleans vn asne obtenoit sa licence,
Il y mena le sien ; c'est à dire, ce fieux
Que vous voyés icy, ce rogue audacieux.
Il l'endoctora donc, moyennant sa pecune;
Et croyant qu'au Barreau ce fils feroit fortune,
Il le fit Aduocat, ainsi qu'il vous a dit,
Et le para d'habits, qu'il fit faire à credit:
Mais de grace, admirez l'étrange ingratitude,
Au lieu de se donner tout-à-fait à l'étude,
Pour plaire à ce bon pere, & plaider doctement,
Il ne fut au Palais, qu'vne fois seulement.
Cependant, sçauez-vous ce que faisoit le drolle,
Chez deux grands Charlatans il aprenoit vn rolle,

Chez ces Originaux, l'Oruietan & Bary,
Dont le fat se croyoit déja le fauory.

ELOMIRE.

Pour l'Oruietan, d'acord, mais pour Bary, je nie
D'auoir iamais brigué place en sa compagnie.

ANGELIQVE.

Tu briguas chez Bary, le quatriéme employ :
Bary t'en refusa ; tu t'en plaignis à moy :
Et ie me souuiens bien qu'en ce temps-là mes freres
T'en gaussoient, t'appellant le mangeur de viperes.
Car tu fus si priué de sens & de raison,
Et si persuadé de son contre-poison,
Que tu t'offris à luy pour faire ses épreuues :
Quoy qu'en nostre quartier nous connussions les
  veuues.
De six fameux bouffons creuez dans cét employ.
Ce fût là, que chez nous on eut pitié de toy.
Car mes freres voulans preuenir ta folie,
Dirent qu'il nous falloit faire la Comedie :
Et tu fus si rauy d'esperer cét honneur,
Ou comme tu disois, gisoit tout ton bonheur,
Qu'en ce premier transport de ton ame rauie,
Tu les nommas cent fois ton salut & ta vie.
Toutefois, double ingrat, aux dépens de ta foy,
Tu n'as que des mépris & pour eux & pour moy.
Et parce que tu crois auoir le vent en pouppe,
Tu traites de hauteur, & nous, & nostre Trouppe.

ELOMIRE.

Pourquoy non, suis-je pas le maistre de vous
  tous ?

D vj

TOVTE LA TROVPPE, *Ensem-*
ble, & haut.
Le maiſtre double fat, en eſt-il parmy nous ?

ELOMIRE.

Ah vous recommencez à brailler tous enſemble ?

FLORIMONT:

Camarades, ſongeons à ce qui nous aſſemble;
Et quittant la querelle, & l'injure & le bruit,
Laiſſez-moy chapitrer Elomire auec fruit.
Aprends de grace aprends, que ce n'eſt point l'en-
    uie.
Qui nous fait cenſurer tes pieces & ta vie,
Elomire, & ſois ſeur que noſtre vnique but
Eſt noſtre propre honneur, & ton propre ſalut.

ELOMIRE.

Mon ſalut ? ie ſuis donc dans vn peril extréme ?

FLORIMONT.

Oüy, grace aux ſalletez de ta tarte à la crême;
Grace à ton impoſteur, dont les impietez
T'apreſtent des fagots dé-ja de tous coſtez.

ELOMIRE.

Hé ! ce ſont des cotrets.

FLORIMONT.
                    Tréue de raillerie;

Le corret pourroit bien eftre de la partie :
Mille gens de la Cour que tu joües...

ELOMIRE, *D'vn air méprifant*
& branlant la tefte.

'Ces gens...

FLORIMONT.

Ces gens ont les bras longs, & les coups fort pe-
  fans.
Gardes de les fentir. Mais fans plus m'interompre,
Sçaches que tout à l'heure, il faut changer ou rom-
  pre.
Banny donc du Teatre & ta Profe & tes Vers,
Où t'apreftes tout feul , à ces iuftes reuers.

ELOMIRE.

Mais apres que joüer, les Pieces de Corneille!
Tu fçais qu'on nous y fifle , y fiffions-nous merueille.

FLORIMONT.

Merueille, juftes Dieux ? en fifmes-nous iamais !
Et comment le pouuoir, aux rolles que tu fais ?

ELOMIRE.

Ie fais le premier rolle ; & le fais d'importance ,
Quelque fujet qu'il traite :

FLORIMONT.

'As-tu cette creance ?

Et ton orgüeil peut-il t'aueugler à ce point ;
Que de faire si mal , & de ne le voir point ?
Quoy ? dans le serieux tu crois faire merueilles ?

ELOMIRE.

Quoy tu peux démentir tes yeux & tes oreilles ?

FLORIMONT.

T'en veux-tu rapporter à tes meilleurs amis ?

ELOMIRE.

D'acord.

SCENE III.

LE PORTIER DES COMEDIENS, ELOMIRE , ANGELIQVE , PLV-SIEVRS AVTRES COMEDIENS ET COMEDIENNES LE VALET, FLORIMONT, ROSIDOR. LE PORTIER.

LE Cheualier, le Comte & le Marquis
Sont là-bas ?

ELOMIRE.

Qui dis-tu !

LE PORTIER.

Ces trois Messieurs sans queuë,

Dont les couleurs des gens sont feüille-morte &
bleuë;

ELOMIRE.

Ah, ie sçay, fais monter. *

*Le Portier s'en va, & Elomire continuë
parlant à Florimont.

Ce sont des connesseux,
Sur tout le Cheualier.

FLORIMONT.

Et bien si tu le veux,
Ils pourront sur le champ vuider nostre querelle;

· ELOMIRE.

I'y consens; & ie sois berné, si j'en appelle.

SCENE QVATRIESME ET DERNIERE.

LE CHEVALIER , LE COMTE, LE
MARQVIS, ELOMIRE, ANGELIQVE,
PLVSIEVRS AVTRES COME-
DIENS ET COMEDIENES
LE VALET, FLORIMONT,
ROSIDOR.

ELOMIRE.

Vous ne pouuiez iamais venir plus à propos,
   Pour nous seruir d'amis , & nous mettre en
   repos,
Sans vous, nous estions prests de rompre nostre
   Trouppe.

LE CHEVALIER.

La rompre dans vn temps qu'elle a le vent en
   pouppe,
Ce seroit, ce me semble assez mal aduiser ;
Mais d'où vient ce diuorce.

FLORIMONT.
              Et qui le peut causer

Qu'Elomire !

ELOMIRE, *En raillant.*

Elomire a toûjours fait merueilles.

Il a ſcandaliſé des yeux, & des oreilles.
Peruerty des eſprits, & corrompu des mœurs :
Enfin, c'eſt vn demon, ſi l'on croit ces docteurs.
Le diable les confonde, eux & leur calomnie.
Mais il s'agit icy d'vn point de Comedie,
Qui m'importe bien plus que tous ces ſots diſ-
   cours.

LE CHEVALIER.

Quel eſt-il.

ELOMIRE.

   Ces réueurs qui m'inſultent toûjours,
Diſent qu'au ſerieux, ie ne ſuis qu'vne beſte :
Et cette impertinence eſt ſi fort dans leur teſte,
Que le diable, ie crois, ne l'en oſteroit pas.

LE CHEVALIER.

Quoy c'eſt là ce grand point qui cauſe vos debats?

ELOMIRE.

Luy-meſme.

LE CHEVALIER.

Et bien ! il faut terminer ces grabuges.

FLORIMONT.

De grace, faites-le ; nous vous en faiſons juges.

LE CHEVALIER.

Iuges d'vn point Comique : ah ! c'eſt nous faire
   honneur.

D'autant plus qu'il s'agit de juger d'vn Acteur;
Et d'vn Acteur encor, tel que l'est Elomire;

FLORIMONT.

C'est-à-dire fort grand, dans les Pieces pour rire;
Moyennant que le drolle en soit pourtant l'Auteur;
Car, aux Pieces d'autruy, ie suis son seruiteur?
De sa vie il n'entra dans le sens d'aucun autre.

ELOMIRE.

C'est là ton sentiment; mais ce n'est pas le nostre.

LE CHEVALIER, *à Elomire,*

Recite donc des Vers, & des plus serieux.

ELOMIRE.

I'en vais dire à tirer les larmes de vos yeux.
Escoutez, ie vais dire vne fort belle Stance;
Sur tout obseruez bien mon geste,& ma cadence.*
                 Elomire déclame.

Noire Déesse de la nuit ,
     Pourquoy redoubles-tu tes voiles;
   Et nous cachant iusqu'aux estoilles,
Nous laisses-tu si peu de lumiere & de bruit ?
     Iamais depuis que le silence
     Accompagna l'obscurité;
     L'on ne vit si peu de clarté
     Se joindre à leur intelligence :
Icy rien ne paroist que tenebres, qu'horreur;
     Mais las ! pardonne à mon erreur;
Puisque ie vois les maux que ma Climene endure,

Trifte nuit , c'eft à tort que ie t'appelle obfcure.

Pourquoy donc...

LE CHEVALIER, *interompant*
Elomire.

Plus de Stance ; ah ! ce n'eft pas ton fait.

ELOMIRE.

Tout de bon ?

LE CHEVALIER.

Tout de bon.

ELOMIRE.

En effet !

LE CHEVALIER.

En effet

ELOMIRE.

Difons donc d'autres Vers qui foient plus magni-
fiques ,
Et que mon action rende plus patetiques. ✳
✳ *Elomire recommence à reciter des Vers , auec*
plus de geftes qu'auparauant.
Que dites-vous Clĩmene ! ah ! pluftoft l'Vniuers
Retourne en fon cahos , que tout foit à l'enuers ;
Que tout periffe enfemble , & le Ciel & la Terre,
Plutoft que tant-foit-peu ie vous puiffe déplaire.
Mais que dis-je , infenfé ? ne vous déplais-je pas.
Ne vous fais-je pas feul fouhaitter le trépas ?

Vn autre que Tircis cauſe-t-il voſtre peine;
Et ne ſuis-je pas ſeul voſtre fleau, ma Climene.
Ouy Climene, c'eſt moy dont le coupable amour
Vous veut faire quitter Filidas & le iour:
C'eſt moy qui fais l'ennuy dont voſtre cœur ſou-
    pire,
Et qui fais tous les maux ſous leſquels il expire;
Ah! ſi ie pouuois vaincre vn ſi fier ennemy;
Où tout du moins, briſer mes chaînes à demy?
Si cette paſſion qui mon ame tranſporte,
Eſtoit vn peu plus lente; eſtoit vn peu moins forte:
Et que dans ſes élans, ie peuſſe ſans ma mort,
Vous ceder, en faiſant vn genereux effort;
Que vous veriez bien-toſt, adorable Climene,
Quelle horreur à Tircis, de cauſer voſtre peine;
Combien pour tous vos maux il endure de mal,
Et iuſqu'à quel excez il aime ſon riual!
Mais cette paſſion, cét amour & ces chaînes,
Sont des cheuaux fougueux qui n'ont ny mords ny
    rhenes,
Ils m'emportent par tout auec tant de roideur,
Que ma cheute peut ſeule apaiſer leur fureur.
Tombons donc, auſſi-bien ma cheute eſt legitime,
Puiſque ie ne ſçaurois l'éuiter ſans vn crime;
Ouy...

    LE CHEVALIER, *l'interrompant.*

Fais-tu de ton mieux, Elomire?

      ELOMIRE.

          Pourquoy?

    LE CHEVALIER.

Parce que tu le dois; ſinon, prends garde à toy.

ELOMIRE, *Eſtonné.*

Quoy, ie ne fais pas bien ?

LE CHEVALIER.

Comment, bien, au contraire;
Ie ne tay, ſur ma foy, iamais veu ſi mal faire.
Que t'en ſemble, Marquis?

LE MARQVIS.

Que m'enſembleroit-il,
Pour en iuger ainſi, faut-il eſtre ſubtil ?

LE CHEVALIER.

Et toy, Comte?

LE COMTE.

Pour moy, ie ſuis ſur des épines,
Quand ie l'entens parler, ou que ie vois ſes mines.

ELOMIRE.

Ne jugez pas encor; quatre vers ſeulement,
Vous vont deſabuſer;

LE CHEVALIER.

Dis-les donc promptement.

ELOMIRE, *Il recommence à*
reciter auec encore plus de mauuais geſtes.

Apres tout, qui vous porte à m'eſtre ſi cruelle?
Filidas eſt il plus amoureux, plus fidelle;

Eſt-il plus beau que moy, vous merite-t-il mieux:
N'ay-je pas comme luy de quoy plaire à vos yeux:
Mais quand ce Filidas vous plairoit dauantage;
Quand du plus beau des Dieux il auroit le viſage,
Et quend il en auroit toutes les qualitez,
N'eſtant pas Roy, ce choix fait tort à vos beautez.
Ah...

LE CHEVALIER, Interompant
de rechef Elomire, & bruſquement.

De grace, tay-toy; croy moy cher Maſcarille;
Fais toûjours le docteur, ou fais toûjours le drille;
Car en fin, il eſt temps de te deſabuſer,
Tu ne naquis iamais, que pour faquiniſer;
Ces Rolles d'amoureux ont l'action trop tendre;
Il faut par vn regard, ſçauoir ſe faire entendre,
Et par le doux accord d'vn mot & d'vn ſoûpir,
Toucher ſes Auditeurs de ce qu'on feint ſouffrir,
Mais ſi tu te voyois, quand tu veux contrefaire
Vn amant dedaigné qui s'efforce de plaire;
Si tu voyois tes yeux hagards, & de trauers;
Ta grande bouche ouuerte,en prononçant vn vers,
Et ton col renuerſé ſur tes larges épaules,
Qui pourroient à bon droit eſtre l'apuy de gaules;
Si dis-je...

ELOMIRE, Interompant le
Chevalier.

Cela dit qu'il faut faquiniſer,
Et bien faquiniſons; mais comment à paiſer
Ces critiques docteurs, qui me traitent d'impie,
Et de maiſtre d'écolle, en fait de vilenie?

LE CHEVALIER.

Il n'eſt rien plus aiſé? tu n'as qu'à retrancher
Tout ce que dans tes Vers tu t'es veu reprocher.

ELOMIRE.

Ie m'en garderay bien;

LE CHEVALIER.

Et pourquoy ?

ELOMIRE.

　　　　　　　Pourquoy ? parce
Il n'en resteroit plus que pour faire vne farce.

LE CHEVALIER.

Et bien, la Farce est bonne apres le serieux :
Tu la joüras toy-mesme, & la joüras des mieux.
Et méme auecque gloire: a-t-on dans ce Royaume,
Iamais veu des Acteurs pareils à gros Guiliaume,
Gautier & Turlupin ? de leur temps toutefois,
Le serieux estoit le grand goust des François.
Mais apres qu'on auoit admiré Belle-Roze,
Ces trois fameux bouffons triomphoient par leur
　　Prose,
Et l'innocent plaisir, dont ils charmoient les cœurs,
Les faisoit adorer de tous les Spectateurs.

ELOMIRE.

Parbleu, l'aduis me plaist, j'en veux faire de mesme;
Et ie vais tout chaîrrer, jusqu'à *tarte à la cresme.*
Pour ces Rolles transis, les prenne qui voudra ;
Ie feray desormais tout ce qu'on resoudra.

FLORIMONT.

Nous ferons donc pleurer, & puis tu feras rire.

ELOMIRE.

I'accepte le party.

FLORIMONT.

Mais garde-toy d'écrire
Rien de salle & d'impie, & qui choque les mœurs:
Autrement, sans quartier.

LE CHEVALIER.

Il l'a promis, Messieurs.

ELOMIRE.

Ie l'ay dé-ja juré ; derechef, ie le jure:
Ie ne feray plus rien capable de censure.

FLORIMONT.

En ce cas, nous allons faire enrager l'Hostel.

ROSIDOR.

Et nous creuer de monde.

LE CHEVALIER.

En effet, rien de tel
Ne se verra iamais.

FLORIMONT, *Parlant au Cheualier, au Comte & au Marquis.*

Nous serons redeuables,
De cet heureux succez, à vos soins fauorables.
Aussi, Messieurs...

Le

LE CHEVALIER, *s'en allant*
auec le Comte & le
Marquis.

Adieu, maif aduertiffez-nous,
Alors que vous jourez de la forte chez vous.
Ie le dis derechef, j'en attens des merueilles;
Et j'en veux regaler mes yeux, & mes oreilles.

Ils fortent tous trois, & tous les Comediens
enfuite : apres quoy, on cache le Teatre auec la
toille, comme il eftoit auparauant : Ce qui finit le
Diuorce Comique, & fait continuer la Scene du
quatriéme Acte par le veritable Elomire, & les
autres qui font dans la Loge.

ELOMIRE, *bas.*
Lazarile, j'en tiens.

LAZARILE, *bas.*

Il n'en faut dire rien.

ELOMIRE, *bas.*

Non, mais fi ie gueris, ie m'en fouuiendray bien;
Et l'Autheur apprendra dans peu, par fa Satyre,
Qu'on rit à fes dépens, quand on rit d'Elomire:
Car i'auray ma reuanche, ou bien-toft ie mourray.

ALPHEE.

Et bien, gland Medecin du fameux Sennelay,
Vous voyez maintenant que ie ne fuis pas feule
Qui contle Mafcarille ait déployé fa gueule.
                                        E

L'Autheul de cette piece, ainſi que vous voyez,
Ne l'a pas mal daubé, du clane iuſqu'aux pieds:
Mais ce qui me lauit , dedans cette Satyle,
C'eſt que tout en eſt vlay , & que tout y fait lile.

ELOMIRE, *bas à Lazarile.*

Elle ment ; ſi i'eſois ...

LAZARILE, *bas à Elomire.*

Gardez-vous de cauſer.

ORONTE.

Voicy l'heure du bal , allons nous déguiſer.

Fin du quatriéme Acte.

ACTE V.
SCENE PREMIERE.

*Cette Scene est dans vne salle preparée pour vn bal,
où il y a Compagnie, & des Violons.*

ALCANDRE, CALISTE, LES CON-VIEZ AV BAL, VN LAQVAIS.

ALCANDRE, *à vn laquais.*

Qv'on donne ordre, laquais, de faire entrer
les masques ?

CALISTE.

Quelle est leur mascarade ?

ALCANDRE.

Elle est des plus fantasques:
Et comme ils ont en main chacun vn instrument,
Sans doute ils donneront du diuertissement:
Les voicy ; peut-on voir de meilleures crotesques.

CALISTE, *voyant entrer les
masques.*

C'est Esculape & Mome, ô Dieux ! qu'ils sont crotesques ?

E ij

SCENE II.

*Deux Muficiens reprefentant ESCVLA-
PE ET MOME, ORONTE,
CLIMANTE, CLEARQVE, ELOMI-
RE, LAZARILE, CLARICE, LV-
CINDE, ALPHE'E, LVCILLE : tous
mafquez, & tenant en main chacun vn in-
ftrument. ALCANDRE, CALISTE,
LES CONVIEZ.
Efculape & Mome chantent en forme de Dia-
logue le recit qui fuit,& les autres le repetent.*

Recit de la Mafcarade.

ESCVLAPE.

R Ien n'égale la fanté,
Belles cheriffez-la, par deffus toutes chofes:
Elle fait de voftre beauté
Tous les lys & toutes les rofes:
Sans elle vous n'auriez que de foibles apas;
Encor ne les verrions-nous pas.
Ie fuis le Dieu qui la donne
A tous les autres Dieux, mefme à celuy qui tonne;
Et fi vous me voyez icy,
C'eft pour vous la donner auffi.

MOME.

Efculape eft vne pipeur,

N'efcoutez point fa voix, adorables mortelles:
Si vous eftes de belle humeur
Vous demeurerez toufiours belles:
La ioye eft la fanté que demandent vos yeux;
Elle feule charme les Dieux:
Ie fuis celuy qui la donne
Aux Déeffes du Ciel, pour plaire au Dieu qui tonne:
Et fi vous me voyez icy,
C'eft pour vous la donner auffi.

E S C V L A P E.

Quoy! ce Tabarin des Cieux,
Ce Mome qui cent fois reconnut ma puiffance
Viendra m'infulter en ces lieux,
Et ne craindra point ma vengeance?
Non, non, ne fouffrons point de cet enfariné,
Sus, amis, pour eftre berné,
Qu'aux Medecins on le donne:
Cet ordre plaift aux Dieux, même à celuy qui tône,
Et fi vous nous voyez icy,
C'eft parce qu'il leur plaift auffi.

SCENE III.

L'EXEMPT, LE BALAFRE', SANS MALICE, PLVSIEVRS AVTRES ARCHERS, ESCVLAPE, MOME, ORONTE, CLIMANTE, CLEAR-QVE, ELOMIRE, LAZARILE, CLA-RICE, LVCINDE, ALPHE'E, LV-CILLE, ALCANDRE, CALISTE, LES CONVIEZ.

L'EXEMPT.

ARchers, en haye ; & tous, vis-à-vis de la
    porte ;
Mais qu'on garde sur tout que personne ne sorte.
A Alcandre qui va à luy.
Demeurez là, Monsieur; mais qu'on ne craigne rien.

ALCANDRE, *à l'Exempt.*

Guet, me connoissez-vous ?

L'EXEMPT.

Ouy, ie vous connois bien,
Et ie sçay ce qu'on doit aux gens de vostre sorte.

ALCANDRE.

Pourquoy donc à mon nez vous saisir de ma porte?

L'EXEMPT.

Parce qu'vn assassin est parmy ces masquez,
Que ie veux l'auoir vif, ou mort.

ALCANDRE.

Vous vous moquez;
Ie connoy trop tous ceux qui sont dans cette bâde.

L'EXEMPT, *montrant son baston.*

Connoissez ce baston, Monsieur, & qu'on luy rende
Du respect ; ou sçachez que vous en répondez.
   Arrachant brusquement le masque à Oronte.
Allons , le masque bas ; viste , vous marchandez?
      Connoissant Oronte
Quoy! vous, mon Medecin? vous méme; vous Orôte?
Vous en masque? ah! ma foy, vous deuriés auoir hôte;
Vous en masque, grands Dieux , auec des assassins?

ORONTE.

Vous nommez donc ainsi Messieurs les Medecins?
Car ceux que vous voyez le font tous, & leurs femmes.
      L'EXEMPT, *s'adressant à Elomire*
        & à Lazarile , qui se font démasquex,
          auec tous les autres.

Ceux-là ne le font pas; qu'estes-vous bonnes ames?
Car vos visages ont vn certain air...

ELOMIRE.
                              Croyez
Que vous parleriez mieux si vous me connoissiez.

ALCANDRE.
Prenez garde, Monsieur , c'est le Bassa Sigale.

L'EXEMPT.
Qui ! ce fourbe qui fuit, de peur qu'on ne l'empale?
              E iiij

ELOMIRE.

Ie n'eus iamais ce nom , ny cette qualité.

ALCANDRE.

Sous ce nom là , pourtant, vous m'auez consulté,
Si vous ne l'estes pas , vous estes vn grand fourbe:
Voyez-vous ce petit bout d'homme qui se courbe
Derriere luy , c'estoit son Secretaire...

LAZARILE, *se redressant.*
Hé bien;
I'estois son Secretaire , & ie ne suis plus rien:
Concluez ?

L'EXEMPT.

Sur ma foy , ce petit homme est drolle;
Dans vne Comedie, il joüeroit vn bon rolle. *
✳ Se tournant vers Elomire.
Mais de grace, Monsieur , qu'estes vous ? car enfin,
Ie sçay qu'il est entré ceans vn assassin ;
Qu'il cachoit, côme vous, son visage d'vn masque,
Et tenoit comme vous vn gros tambour de basque.
Ie ne croy pas, Monsieur, qu'aprés vn tel rapport
De l'assassin , à vous, ie puisse auoir grand tort,
Quand ie vous traisneray dans la Conciergerie;
D'autant plus que pas vn de cette compagnie
Ne sçait ny vostre nom , ny quel est le pays
D'où vous estes , & dont certes ie m'ébaïs.
Quoy ! malgré tout cela, vous n'ouurez pas la bou-
che ?

LE BALAFRE'.
C'est sans doute, Môsieur, que le remords le touche,
C'est nostre hôme, & ie vay, si vous le trouuez bon,
Le lier pieds & poings.

L'EXEMPT.
Direz-vous voſtre nom?

ELOMIRE.

Helas! Monſieur, ie ſuis vn Eſpagnol malade,
Qui...

L'EXEMPT.
Fourbe, en cet eſtat va-t'on en maſcarade?

ELOMIRE.
Ouy, Monſieur, l'on fait plus, l'on boit à rouges
    bords,
On rit, on chante, on jouë, on s'égaye le corps,
Quand c'eſt de Sennelay le grand vrinaliſte,
Qui traite vn hypocondre, & non pas vn Chimiſte.

L'EXEMPT.

Quoy! pour faire le fou, vous penſez m'abuſer?
Ah! ma foy, ie m'en vay vous faire dégoiſer,
Deuant qu'il ſoit deux iours, de la belle maniere;
Ou nous verrons tarir fontaines & riuiere:
Ouy, fourbe, nous ſçaurons bien-toſt voſtre deſſein;
Nous vous ſçaurons tirer la verité du ſein.
Balafré, qu'on le lie?

ELOMIRE, *à Oronte.*
O Dieux! eſt-il poſſible,
Qu'vn homme tel que vous ait le cœur inſenſible?
Quoy donc? de Sennelay merueilleux Medecin,
Vous me ſouffrez nommer fou, perfide, aſſaſſin,
Archi-fourbe: pour fou, paſſe, ma maladie
Eſt telle, dites vous, par ma melancolie:
Mais pour ces autres noms, vous ſçauez côme moy
Que ie ne les ay point.

ORONTE.

   Cet homme eſt fou, ma foy?
Qu'eſt-ce que Sennelay ? qu'eſt-ce qu'vrinaliſte ?
Qu'eſt-ce que vôtre mal?n'étes-vous point l'Vliſte?
Ces gens-la d'ordinaire ont vn langage obſcur,
Qu'on entend iuſtement, comme l'entend vn mur.

ELOMIRE, *à Climante.*

Climante, vous ſçauez...

CLIMANTE.

   Ouy, que ie ſuis Climante;
Si vous en voulez plus, vous voulez que ie mente.

ELOMIRE.

Mais, Monſieur, vous ſçauez ſi ie ſuis l'aſſaſſin,
Que l'on cherche?

CLIMANTE.

   Ie ſçay que ie ſuis Medecin
De Paris ; & de plus, qu'Oronte l'eſt de meſme:
Mais d'où vient qu'à ces mots vous deuenez tout
 bleſme ?

ELOMIRE, *bas à Lazarile.*

Ie ſuis mort, Lazarile.

LAZARILE, *bas.*

   Eſperez iuſqu'au bout :
Mais qu'on ne ſçache point qui vous eſtes, ſur tout.

ELOMIRE, *bas.*

Ie m'en garderay bien :

L'EXEMPT, *à Elomiere.*

   Que venez-vous de dire?

ELOMIRE, *en touffant bien fort.*

Rien du tout.

L'EXEMPT.

Vous mentez.

LE BALAFRE'.

Monfieur , c'eft Elomire:
Ouy c'eft luy : ie le viens de connoiftre à fa toux.

L'EXEMPT.

Luy ?

ORONTE.

Luy mefme, qui fort de l'hofpital des foux:
Ie dis de l'hofpital du grand *Vrinalifte.*

ELOMIRE, *à Oronte.*

Vous m'auez donc joüé , Monfieur ?

ORONTE.

Ouy , Iean Baptifte :
Ouy Baffa , ouy Guzman ; nous vous auons joüé.

ELOMIRE.

Par ma foy i'en fuis quitte à peu ; Dieu foit loüé:
Ie me croyois déja dans la Conciergerie,
Et de là dans la Place , ou ...

L'EXEMPT.

Badauderie ?
Vous vous entendez tous , & ie m'entends auffi.
Balafré, qu'on le lie , & qu'on l'ofte d'icy.

ELOMIRE.

Ah ! tous les Medecins ont pour moy tant de haine,
Que si i'estois coupable, ils le diroient sans peine.
Ouy , sans doute, ils seroient rauis de m'accuser,
Et pas vn d'eux, Monsieur, ne voudroit m'excuser.

LE BALAFRE', *liant les bras d'Elomire.*

Allons', causeur, allons ; aide moy Sans-Malice?

ELOMIRE, *se voyant lié.*

Fit-on iamais , ô Dieux ! vne telle injustice !

ORONTE , *gauffant Elomire.*

Le pauure homme ! Messieurs, vous luy rompez les
   bras ?
Prenez garde, il les a , dit-on , fort delicats ?
Peut-estre qu'au sortir de la Conciergerie,
Il en aura besoin : choyez-les , ie vous prie?

ELOMIRE, *à l'Exempt se iettant à ses pieds.*

Monsieur, ayés pitié…

L'EXEMPT.

       Pitié d'vn assassin ?

ELOMIRE.

Ie le serois , Monsieur, si i'estois Medecin ?
Mais ie ne le suis pas , vous le sçauez vous-mesme.

ORONTE.

Il nous nomme assassins, ô l'impudence extrême!
Que ne diroit-il point, s'il estoit hors d'icy?

L'EXEMPT.

Messieurs, il parlera fort peu de temps ainsi;
Moyennant quelques pots de belle eau toute pure,
Ie le feray bien-tost changer de tablature:
Mais c'est trop épargner vn insolent causeur,
Qu'on marche.

ELOMIRE, *se voyant traisné.*

Lazarile, à moy?

LAZARILE, *le suiuant.*

I'y suis, Monsieur.

TOVS LES ACTEVRS *ensemble,* *voyant qu'on entraine Elomire.*

Le pauure homme?

ORONTE, *apres qu'Elomire, &* *ceux qui le menent ne paroissent plus.*

Ma foy, c'est par trop, ce me semble:
Il croit aller en Gréve.

CLIMANTE.
Et si vray qu'il en tremble.

ORONTE.
S'il en mouroit?

CLEARQVE.

Qu'importe, il meurt bien d'autres foux
En nos mains.

ORONTE.

Mais, enfin, que diroit-on de nous?

CLEARQVE.

On en diroit, ma foy, ce qu'on en voudroit dire;
Mais quoy que l'on en dift, ie n'en ferois que
rire.
L'Exempt rentre, & Clearque continuë.
L'Exempt reuient ?

CLIMANTE, *à l'Exempt.*

Et bien ! l'as-tu fait expirer?

L'EXEMPT.

Donnez-moy, s'il'vous plaift, le temps de refpirer:
I'ay tant ry, que i'en ay prefque perdu l'haleine,
Ayant mis noftre fou dans la chambre prochaine,
Auec fon Lazarile, & noftre Balafré :
Ie les ay laiffés feuls ; & puis eftant rentré
Sans eftre veu, i'ay ouy ce que ie vay vous dire.
Illuftre Balafré, dit tout bas Elomire,
L'occafion eft chauue, & qui ne la prend pas,
Alors qu'il la rencontre, eft mis au rang des fats.
Monfieur, ie n'entends rien à ces belles paroles;
Mais ie fçay ce qu'on fait quand on tient des pi-
ftoles,

Luy répond la Balafre ; & si vous en doutiez,
Il ne tiendroit qu'à vous que vous ne le vissiez.
Elomire à ces mots, luy met en main sa bourse:
Le Balafré la prend, disant ie suis vostre ourse,
Suiuez-moy : cela dit, le drolle fait le saut
De la fenestre en bas, l'étage est assez haut:
Quoy qu'il soit le premier, toutefois Elomire,
Et c'est cecy, ma foy, qui m'a le plus fait rire,
Autant pressé de joindre vn si grand conducteur,
qu'aueuglé de l'excés de sa mortelle peur,
Le suit si prestement, & par la mesme route,
qu'il tombe sur son guide ; il l'eust creué, sans
    doute,
Si nostre Balafré, plus dur que n'est le fer,
Ne l'eust d'vn coup de reins fait retourner en
    l'air.
Elomire retombe, & soudain se redresse,
Et gagne le taillis, d'vne belle vistesse.

ORONTE.

Et le bon Lazarile?

L'EXEMPT.

Il est encor icy.

ORONTE.

Nostre vengeance est deuë à ses soins.

L'EXEMPT.

                    Dieu mercy,
Nous les pouuons payer aux despens d'Elomire;
Car nous auons sa bourse.

ORONTE.

Il aura donc fait rire
A ses frais, ceux qu'il a tant de fois outragez.

L'EXEMPT.

C'est assez : Allons boire aux Medecins vengez.

Fin du cinquiéme & dernier Acte d'Elomire hypocondre, ou les Medecins vengez.

Fautes survenuës en l'impreßion.

Page 8. vers 11. folle, lis. sotte.
Page 22. vers 3. point de mien, point tien, lis. point de mien, point de tien.
Page 25. vers 1. Ie sçay ce qu'on luy doit, lis. Ie sçay ce qu'on luy rend.
Page 50. vers 1. viste, lis. & viste.
Page 55. vers 11. à ces, lis. à ses.

www.ingramcontent.com/pod-product-compliance
Lightning Source LLC
LaVergne TN
LVHW021856170726
843503LV00003B/1256